Das Buch

Nach einer durchzechten Nacht sucht Chico Pipa seinen vor einem Hochhaus abgestellten Wagen. Als er ihn schließlich im Hof des Polizeipräsidiums findet, erinnert nur noch wenig an den einstigen Blimbust: Seine Form hat sich total verändert. Kein Wunder, wenn man weiß, daß er einem 95 Kilo schweren Mann als Landeplatz nach einem Sturz aus dem 24. Stockwerk gedient hat. Es versteht sich von selbst, daß Pipa den Schuldigen für den Schaden haftbar machen wird. Nahe liegt es, sich an die Erben des vermeintlichen Selbstmörders zu halten. Doch nach dem Gespräch mit der Witwe sieht sich unser aus früheren Romanen bekannter Hauptakteur unverhofft in einen Fall verwickelt, der seinen vollen Einsatz als Detektiv erfordert. Gemeinsam mit seinem Kompagnon Greg gerät er in die unwahrscheinlichsten Situationen, die er auf höchst unkonventionelle Weise zu meistern versucht. – Manzoni parodiert den gängigen »harten« Krimi. Er verwendet dessen Sprache und Handlungselemente und läßt durch Übertreibungen, die bis ins Groteske gehen, Situationen von unübertrefflicher Komik entstehen.

Der Autor

Carlo Manzoni, 1909 in Mailand geboren, studierte zunächst Medizin, dann in Abendkursen Architektur und Zeichnen an verschiedenen Hochschulen. Als Maler nahm er aktiven Anteil an der Bewegung des Futurismus. 1936 begann er zu schreiben, zunächst satirische und humoristische Aufsätze für Zeitungen und Zeitschriften, später auch Stücke für Theater und Fernsehen. Er ist Mitbegründer der satirischen Zeitschrift ›Bertoldo‹. Berühmt wurde er vor allem durch seine Kriminalparodien.

Carlo Manzoni:
Haust du mich – hau ich dich
Ein Super-Thriller

Deutsch von Maria Kern

Deutscher
Taschenbuch
Verlag

dtv

Von Carlo Manzoni
sind im Deutschen Taschenbuch Verlag erschienen:
Der Finger im Revolverlauf (123)
Ein Schlag auf den Schädel und du bist eine Schönheit (268)
Der tiefgekühlte Mittelstürmer (364)
Blut ist kein Nagellack (433)
Der Hund trug keine Socken (590)
Die Lügengeschichten des Carlo Manzoni (646)
Jetzt regnet's Ohrfeigen (699)
100 x Signor Veneranda (737)
Kein Whisky unter Wasser (805)
Das MG im Dekollete (886)
Liebling, zieh die Bremse an (1248)

Ungekürzte Ausgabe
1. Auflage Januar 1976
4. Auflage Januar 1978: 41. bis 50. Tausend
Deutscher Taschenbuch Verlag GmbH & Co. KG,
München
Lizenzausgabe der Albert Langen · Georg Müller Verlags
GmbH, München · Wien · ISBN 3-7844-1570-9
Titel der Originalausgabe: ›Ti faccio un occhio nero
e un occhio blu‹
Umschlaggestaltung: Celestino Piatti
Gesamtherstellung: C. H. Beck'sche Buchdruckerei,
Nördlingen
Printed in Germany · ISBN 3-423-01130-0

Inhalt

1. Kapitel

Parken Sie nie Ihr Auto unter einem Wolkenkratzer – ich finde meines wieder, wo ich nicht geglaubt habe, daß es sein könnte.

Gute zehn Minuten dauert es, bis ich wach werde und meine weiche Birne einigermaßen zum Funktionieren bringe.

Aber in weniger als vier Minuten merke ich den abscheulichen Geschmack im Mund und daß mein Schädel mindestens so viel wiegt wie der erste Band eines Konversationslexikons.

Mühsam strecke ich einen Arm aus, um an den Spritverteiler auf meinem Nachttisch neben dem Bett zu kommen. Ich gieße mir ein halbes Glas Bourbon ein und schütte es mit beachtlicher Eile in meinen Tank. Dieser Nektar nimmt im Vorbeifließen den bitteren Mundgeschmack mit und weckt auf dem Umweg über den Magen meine ganzen Innereien.

Als er da anlangt, wo man normalerweise das Gehirn vermutet, nehme ich das Konversationslexikon und werfe es aus dem Bett, damit meine grauen Zellen genügend Luft kriegen, um ihr Tagewerk zu beginnen.

Viel zu tun ist sowieso nicht für sie.

Sie haben nur die Ereignisse von gestern und heute in chronologische Ordnung zu bringen. Gestern vormittag waren wir, ich und Gregorio, in der »Fledermaus«, um eine neue Flasche einzuweihen.

Ich hoffe, Sie erinnern sich, wer Gregorio ist und was es mit der »Fledermaus« auf sich hat, aber vielleicht ist es besser, Ihr Gedächtnis aufzufrischen, Sie könnten doch einiges vergessen haben.

Gregorio ist mein Partner, sein voller Name lautet Gregorio Scarta, aber ich rufe ihn Greg. Wir haben zusammen ein Detektivbüro aufgemacht und befassen uns mit jeder Art Verbrechen: Raub, Schmuggel, Erpressung und ähnlichen Kleinigkeiten, den Hauptattraktionen unserer Stadt.

Wenn Sie auch noch wissen wollen, um welche Stadt es sich handelt, gebe ich Ihnen gerne Auskunft. Meine Stadt ist wie jede andere voll der übelsten Scheußlichkeiten, genauso oder noch übler als in allen Städten unserer ach so heilen Welt. Ihre Lage können Sie nach Belieben bestimmen, ich nenne sie Pipachico, nur damit das Kind, pardon, die Stadt, einen Namen hat.

Eines habe ich noch vergessen: mein Greg ist ein Polizeihund. Bitte vermeiden Sie Heiterkeitsausbrüche, denn da gibt's gar nichts zu lachen. Er ist nämlich mehr Polizist als Hund, ob Sie es glauben oder nicht.

Er hilft mir auch beim Leeren der diversen Bourbonflaschen, und ich kann Ihnen versichern, daß sein Eifer auch auf diesem Gebiet grenzenlos ist.

Die »Fledermaus« ist unser Stammlokal. Es liegt in meiner Straße und hat die ganze Nacht geöffnet. So sehr wir uns auch schon bemüht haben, dem dort lagernden Vorrat an Bourbon den Garaus zu machen, bis jetzt ist es uns leider nicht gelungen.

Der Besitzer heißt Ercole, und sein Hund Fernanda ist Gregs große Liebe, denn der steht nun einmal auf Hundedamen mit buschigem Schweif. Ich glaube, Sie sind nun über alles Wissenswerte informiert, halt, noch etwas: mein Name ist Chico Pipa, ich habe brandrote Haare, und wenn irgend etwas läuft, wie es nicht sollte, werde ich nervös. Mehr sage ich Ihnen nicht, weil ich nicht gern über mich selbst spreche.

Also, gestern waren wir, ich und Gregorio, in der »Fledermaus«, um einer neuen Flasche den Hals zu brechen, als eine Type so um die neunzig Kilo hereinkommt, sich auf den Hocker neben mir setzt und seinen Zeigefinger wie einen Revolver in meine obere Rückseite bohrt.

»Nur nicht nervös werden«, sagt er dabei, »mein Finger ist nicht geladen. Ich brauche dich, und du kannst mir deine Hilfe nicht abschlagen.«

»Und warum kann ich nicht?« frage ich und schenke mir einen neuen B.B. ein, was soviel wie ein doppelstöckiger Bourbon ist, falls Sie es noch nicht wissen sollten.

»Weil es in dein Ressort fällt«, sagt der Dicke.

»Dann spuck schon aus, ich bin ganz Ohr«, sage ich.

»Ich heiße Scommessa«, stellt er sich vor, »und arbeite in Hemden.« Ich schaue ihn an.

»Ich trage auch keine Damenblusen«, sage ich, aber er unterbricht mich.

»Du bist auf dem falschen Dampfer, ich will damit sagen, daß ich in der Herrenhemdenbranche tätig bin, es hat aber mit dem, weswegen ich mit dir reden will, nichts zu tun. Wenn ich dir meinen Beruf genannt habe, so nur, um dir zu beweisen, daß ich ein seriöser Mensch bin. Ein Mann mit sauberer Weste, wie man so sagt.«

»Nicht nur sauber, sondern auch rein?« frage ich.

»Reiner geht's nicht mehr«, sagt er.

»Gut, und nun?«

»Nun passiert folgendes«, sagt er, »es gibt ein Lokal, das Bourbon serviert, der sich nach dem dritten Glas grün verfärbt.« Ich schaue ihn mir genauer an. Ich sehe nichts Außergewöhnliches an ihm. Auch mit aufgestützten Ellbogen müßte er ein wenig schwanken, wenn er über der Promillegrenze angelangt wäre. Statt dessen sitzt er ruhig da und blickt mich mit Augen an, klar wie destilliertes Wasser.

»Da haben sie dir den berühmten Bären aufgebunden«, sage ich.

»Kein Bär«, entgegnet er, »ich habe es selbst gesehen.«

»Dann war's kein Bourbon«, sage ich.

»Und ob es einer war«, sagt er, »davon verstehe ich nun wirklich was.« Ich leere meinen B. B. und stelle das Glas auf die Theke zurück.

»Ich auch«, meine ich.

»Ich weiß«, sagt er, »drum bin ich ja da, daß du diesem Phänomen auf den Grund gehst.«

Ich rutsche vom Hocker und rufe Greg, stelle ihn Scommessa vor und zahle.

»Auf zur Tatortbesichtigung!« sage ich.

Wir setzen uns in meinen Blimbust, und Scommessa weist mir den Weg.

Nachdem wir durch die ganze Stadt gefahren sind und auf dem Korso Nostalgia ankommen, meint Scommessa, es wäre besser, den Wagen hier zu parken. Nach ein paar hundert Metern finde ich eine Lücke zwischen zwei Wagen und manövriere meinen Blimbust hinein. Wir steigen aus, gehen in eine Querstraße und betreten eine Bar.

»Das ist sie«, sagt Scommessa.

Wir setzen uns an eines der Tischchen, und ich bestelle zwei B.B. für uns und einen einfachen für Greg. Ein einwandfreier Stoff, das sehe ich ihm schon an, als er aus der Flasche gluckert.

Wir genehmigen uns einen zweiten B.B. und dann noch einen dritten.

»Er ist grün«, sagt Scommessa und zeigt auf sein Glas. Ich schaue hinein: die charakteristische Bourbonfarbe, nicht ein bißchen grün.

»Er ist *nicht* grün«, sage ich.

»Himmel, Arsch und Zwirn!« brüllt er los. »Er *ist* grün! Ich bin doch kein Idiot!«

Ich versuche, ihn zu überzeugen, merke aber, daß er immer wütender wird. »Hör zu«, sage ich, »machen wir's doch so: probieren wir's in einer anderen Bar. Vielleicht handelt es sich bei dir um einen Sehfehler.«

»Meine Augen sind tadellos«, sagt er, »aber gut, versuchen wir's.«

Wir nehmen also Kurs auf die nächste Bar, trinken zwei B.B. und bestellen dann einen dritten.

»Der ist *nicht* grün«, sagt Scommessa und zeigt auf sein Glas.

»Vielleicht wird er in dieser Bar erst beim vierten Glas grün«, meine ich.

Auch den vierten bringen wir in seiner Originalfarbe hinter uns. Wir kehren in die bewußte Bar zurück. Nach dem zweiten B.B. geht's bei Scommessa von vorne los.

»Er *ist* grün! Der Teufel soll mich holen!« schreit er. »Wenn du noch immer die Courage hast zu behaupten, daß er nicht grün ist, kriegst du von mir eine in die Fresse, daß du mit dem Hinterteil auf die Uhr schaust!«

»Also gut«, sage ich, »das ist ein Problem für einen Psychiater und nicht für einen Detektiv. Schauen wir, wo wir so einen Gehirnbohrer finden.«

Arm in Arm, Greg als Nachhut, ziehen wir los.

Nach zwei Häuserblocks finden wir tatsächlich die Tafel eines Psychiaters.

Eine gute halbe Stunde sitzen wir im Wartezimmer, bis uns Dr. Contassu empfängt. Ich erzähle ihm die triste Story vom grünen Bourbon.

»Das muß ich mir persönlich anschauen«, sagt der Doktor, zieht seinen weißen Mantel aus und ein Sakko an.

»Gehen wir«, sagt er.

Zu viert, Greg an meiner Seite, machen wir uns auf den Weg. Wir fangen von vorne an, wechseln in eine andere Bar über, dann in eine dritte.

Um drei Uhr früh landen wir in einer Bar mit so abschüssigem Boden, daß wir uns an den Tischen festhalten müssen, um nicht abzurutschen.

Doch der Doktor ist absolut dagegen, das Experiment abzubrechen.

Er meint, daß nach Scommessas Behauptung, in der ersten Bar werde der Bourbon beim dritten Glas grün, es nach seiner Meinung als Experte keinen Grund gäbe, daß in einer anderen Bar sich der Bourbon nicht erst nach dem sechsten Glas verfärbt.

»O.k.«, sage ich, als es mir reicht, »wenn ihr das Problem gelöst habt, ruft mich an, irgendeine Nummer wird euch schon noch einfallen. Ich muß meinen Partner heimbringen, er ist blau wie ein Veilchen.«

Ich nehme Greg unter den Arm und trolle mich.

Kaum bin ich an der frischen Luft, beginnen sich die Häuser zu meiner Linken in Bewegung zu setzen. Sie machen einen Schritt auf die gegenüberliegende Häuserreihe zu, verbeugen sich und kehren dann an ihren angestammten Platz zurück. Jetzt kommt die rechte Häuserreihe dran mit der gleichen Verbeugungstour. So gehts eine Weile hin und her.

Ich reiße mich zusammen, so gut es eben geht, und erreiche endlich einen Taxistand.

Ich stelle Greg auf den Boden, und er beginnt sofort, die Rückseite des einzigen parkenden Taxis zu beschnüffeln, und ich brauche eine gute Viertelstunde, um ihn zu überzeugen, daß ein Taxi keine Hundedame ist.

Wir steigen ein und lassen uns nach Hause bringen.

Greg wackelt auf sein Lager in der Küche zu, ich haue mich ebenfalls in die Falle und habe den Kopf noch nicht richtig auf dem Polster, als ich auch schon in den Armen des guten alten Morpheus bin.

Meine grauen Zellen funktionieren erwartungsgemäß.

Ich schaue auf die Uhr: 11 Uhr. Mit einem Satz springe ich auf, stelle mich unter die Dusche, lasse sie mindestens zehn Minuten auf mich herunterprasseln, rasiere mich und mache mich fertig.

Greg schläft noch und schnarcht derart, daß ich es für besser halte, ihn noch weitere sechs Stunden pennen zu lassen. Gehe ich halt allein ins Büro. Kaum bin ich auf der Straße, fällt mir ein, daß ich meinen Wagen am Korso Nostalgia geparkt habe. Da ich ihn vielleicht von einem Moment zum anderen brauche, ist's wohl besser, ich hole ihn mir.

Ich halte ein Taxi an und lasse mich hinfahren.

Als wir in den Korso einbiegen, sage ich dem Fahrer, er solle mich zum Hochhaus bringen, einem der neuesten Wolkenkratzer unserer Stadt.

»Wenn du einen grauen Blimbust siehst«, sage ich, »halte an.«

Im Schrittempo fahren wir am Hochhaus entlang.

»Ich sehe keinen Blimbust«, sagt der Chauffeur.

»Ich auch nicht«, antworte ich.

Dabei, Leute, bin ich absolut sicher, daß ich mich nicht irre. Hier habe ich meinen Wagen abgestellt.

»Vielleicht haben sie ihn irgendwohin verschoben, daß sich die anderen Wagen leichter einreihen können«, meint der Mann. Wir fahren noch zwei Häuserblocks weiter und dann auf der anderen Straßenseite zurück.

Ein gelber Blimbust steht da, aber nicht meiner.

»Vielleicht hat ihn in der Nacht einer umgespritzt«, witzelt mein Fahrer.

»Fangen wir wieder von vorne an«, sage ich.

Wir umrunden die Piazza Balenga, fahren den ganzen Korso zurück und inspizieren Wagen für Wagen.

Vor dem Hochhaus steige ich aus, sage dem Taxichauffeur, er solle langsam weiterfahren, ich gehe zu Fuß. Nichts.

Das Taxi wartet weiter vorne auf mich.

»Kann sein, Sie haben ihn doch woanders geparkt.«

»Blödsinn«, sage ich, »ich bin absolut sicher, daß ich ihn hiergelassen und auch abgeschlossen habe.«

»Dann gibt es nur zwei Möglichkeiten: entweder haben sie ihn gestohlen, oder er wurde von der Polizei abgeschleppt und ins Depot gebracht. Man sollte einen Wagen nicht einen halben Tag und eine ganze Nacht in einer Hauptverkehrsstraße stehenlassen.«

»Der Teufel soll sie holen«, sage ich, »irgendwann und irgendwo muß der Wagen doch zum Vorschein kommen. Schauen wir also im Depot nach.«

Ich steige wieder ein und wir fahren los. Eine Viertelstunde später bohre ich meinen Zeigefinger dem Direktor dieses Amtes unter die Nase und zerraufe ihm seinen grauen Schnauzbart.

»Hören Sie gut zu«, beginne ich, »Sie haben meinen Wagen abschleppen lassen, den ich gestern am Korso Nostalgia geparkt hatte.«

»Nur nicht nervös werden«, sagt der Gartenzwerg, »damit haben wir gar nichts zu tun. Wir schleppen die Wagen nur im Auftrag des Amtes für Verkehrssicherheit ab und behalten sie hier im Depot.«

Er blättert in seinem Register, macht es dann zu und bringt seinen Seehundbart wieder in Ordnung.

»Bei uns ist kein einziger Blimbust abgestellt«, sagt er, »aber warten Sie einen Moment.«

Er steht auf und nimmt ein anderes Heft von dem danebenstehenden Tisch.

»Ich hatte heute nacht keinen Dienst«, sagt er.

Nachdem er den Aktendeckel geöffnet hat, fährt er mit dem Zeigefinger über einige Kolonnen. Ich sehe, wie der Finger an einer Stelle halt macht.

»In welcher Straße, haben Sie gesagt?« fragt er.

»Am Korso Nostalgia«, sage ich, »ein Blimbust ist es, falls Sie an Gedächtnisschwund leiden.«

»Stimmt«, sagt er. »Um 1 Uhr 55 vorige Nacht haben wir einen Blimbust abgeschleppt, ihn aber nicht in unser Depot gebracht, weil die Anzeige nicht von der Verkehrswacht kam.«

»Woher kam sie dann?« frage ich.

»Vom Polizeipräsidium«, sagt der Zwerg, tupft mit dem Zeigefinger auf eine Registerseite und liest vor: »›1 Uhr 55 Anruf aus dem Polizeipräsidium, dringendst einen Abschleppwagen zum Korso Nostalgia senden, um ein Auto, grau, Marke Blimbust, in die Polizeizentrale zu befördern.‹ Sie können ihn dort im Hof abholen, wenn Sie eine reine Weste haben, wenn nicht, rate ich

Ihnen, auf den Wagen zu verzichten und sich ein Fahrrad anzuschaffen.«

Sein Schnauzbart endet durch eine geschickte Benutzung meiner Daumenballen in seinen Nasenlöchern, und ich bin auch schon draußen.

»Ins Präsidium«, sage ich dem Chauffeur beim Einsteigen.

»Haben Sie ihn gefunden?« fragt er.

»Allerdings«, knirsche ich, »und wenn das nicht irgend so ein Scherz eines idiotischen Witzboldes ist, lasse ich mir mein Sakko unter einer Straßenwalze bügeln.«

»Da würde ich gern zusehen«, meint der Mann und konzentriert sich dann auf seine Fahrerei.

Er lädt mich vor der Zentrale ab, ich zahle und entblöße mich um einen Fünfhunderter als Trinkgeld.

»Soll ich nicht lieber warten?« fragt er.

»Jetzt, wo ich meinen Wagen gefunden habe, brauche ich dich nicht mehr«, sage ich, zeige ihm die kalte Schulter und steige die Treppe zum Eingang hinauf.

Im Vorraum sitzt ein Bulle und ist in einen Krimi vertieft. Er schaut durch mich hindurch und wendet sich dann wieder seiner Lektüre zu, also gehe ich weiter die Treppe hinauf bis zum zweiten Stock. Ich weiß, wo Leutnant Trams Büro ist. Zu oft war ich schon dort, um diesen Leidensweg vergessen zu können. Da ich ungern auf die gute oder schlechte Laune anderer Rücksicht nehme, öffne ich, ohne anzuklopfen, die Tür.

Sollten Sie es immer noch nicht wissen: Leutnant Tram ist der Boß der Mordkommission, und es ist ausgeschlossen, daß er mir nicht den Nerv tötet, wenn ich irgendwo mitmische. Daher betrete ich ohne weiteres Zeremoniell sein Büro. Der Raum ist leer. Als ich wieder verschwinden will, läutet das Telefon. Da es nie schaden kann zu erfahren, wer was von wem will, hebe ich ab.

»Einen Augenblick«, sagt eine Stimme, bevor ich auch nur hallo sagen kann, dann kommt Trams Stimme.

»Kautschuk?« fragt er.

»Nein«, antworte ich, »Pipa«.

Der Leutnant gibt ein Geräusch von sich, als wäre ihm der Adamsapfel quer gerutscht.

»Der Pipa«, sagt er, »was machst denn du in meinem Büro?«

»Ich bin gekommen, um meinen Wagen abzuholen, aber erst muß ich wissen, was ihr euch da wieder für einen miesen Scherz geleistet habt.«

»Kauf dir eine Zeitung und warte auf mich«, sagt er, »ich komme gleich, aber suche inzwischen den Kautschuk, er soll ins Leichenschauhaus kommen.«

»Liebend gern«, sage ich. »Soll ich seinen Schädel mit dem Hammer bearbeiten oder ihn mit deinem Papiermesser tranchieren?«

»Mach keinen Quatsch!« schreit er und legt dann auf.

Ich drehe mich um und sehe Kautschuk, der sich unter der Tür aufgepflanzt hat.

»Ah, da bist du ja!« grinst er.

»Dein Leutnant hat mich gebeten, dich ins Leichenschauhaus zu schicken«, sage ich.

Mit geballten Fäusten setzt er sich in Bewegung, aber als er auf Nasenlänge vor mir angekommen ist, trete ich beiseite und verpasse ihm einen Tritt unters Knie, genau auf das rechte Schienbein. Mit beiden Händen umfaßt er sein Knie und bläst mir eine Reihe der übelsten Injurien ins Gesicht.

»O.k.«, sage ich, »ich hab dir's ausgerichtet, jetzt verzieh dich!«

Dann gehe ich hinaus, den Korridor entlang, die Treppen hinunter in den Hof, um nach meinem Wagen zu schauen.

Ich kann mir nicht erklären, warum sie ihn hierher gebracht haben, und erwarte, ihn von einer Meute Plattfüßlern umgeben zu sehen, die Fingerabdrücke und Lackproben nehmen und ihn dann mit dem Staubsauger bearbeiten.

Unten an der Treppe begegne ich einem Bullen, den ich kenne. Ich frage ihn, wo mein Wagen steht, und er erklärt mir, wohin ich zu gehen habe.

»Willst du ihn abholen?« fragt er.

»Klar«, antworte ich, »warum, kann ich nicht?«

»Doch, doch«, meint er, »geh nur.«

Er haut mir auf die Schulter und grinst, als hätte ich ihm den Witz von der Schweinshaxe und dem Seidenstrumpf erzählt. Eines ist sicher: die ganze Geschichte gefällt mir nicht.

Ich komme durch eine schmale Passage in einen zweiten Hof

und bremse dann so heftig, als wäre ich an eine Mauer geprallt. Das, was ich vor mir sehe, muß wohl mein Blimbust sein, die Farbe und die vier fast neuen Reifen stimmen, aber, der Teufel soll's holen, Leute, seine Form hat sich total verändert. Er scheint breiter und niedriger geworden zu sein, als hätte ihn ein heftiger Schlag von oben getroffen, der seine Seitenteile so auseinanderdrückte, daß sie wie angeschwollen aussehen.

Ja, gibt's denn so was, Sportsfreunde? Das Dach komplett eingedrückt, die Windschutzscheibe zermalmt, die Haube in Stücken, das Steuer abgebrochen, die zwei Vordersitze zerschlissen, herausgerissen und ins Wageninnere geworfen.

Mir ist schleierhaft, wie ein ordnungsgemäß geparkter Wagen in diesen Zustand kommen kann!

Wäre er in einen 200 Meter tiefen Abgrund gestürzt, sähe er sicher nicht ärger aus!

Ich betrachte ihn von allen Seiten, aber je genauer ich ihn mir ansehe, um so ärger geht's in meinen Innereien zu.

Ein Kloß sitzt mir in der Kehle, der sich trotz aller Mühen nicht hinunterschlucken läßt.

Ich wende mich dem Ausgang zur Straße zu, stürze in die Bar »Zu den Handschellen«, lasse mir einen B.B. verabreichen.

Dann gehe ich zurück, an den stolzen Resten meines armen Wagens vorbei und steige wieder die zwei Stockwerke hinauf.

Leutnant Tram sitzt an seinem Schreibtisch. Kaum sieht er mich, hebt er den Kopf und will etwas sagen, aber ehe er noch seine Stimmbänder in Betrieb setzen kann, packe ich ihn, ziehe ihn über den Schreibtisch, bis seine Nasenspitze sich mit meinen Barthaaren auf gleicher Höhe befindet.

»Hör mir gut zu«, blase ich ihm ins Gesicht, »wenn einer von euch diesen oberfaulen Scherz inszeniert hat, zahle ich es ihm heim, so wahr die Karottenfarbe meiner Haare echt ist! Meine Anwesenheit in eurer korrupten Stadt paßt euch einfach nicht, und jedes Mittel ist euch recht, mich hinauszuekeln, aber ehe ihr das schafft, mache ich einen von euch genauso fertig wie ihr meinen armen Wagen. Und sag auch gleich deinem Häscher Kautschuk, daß der Pipa jetzt endgültig die Schnauze voll hat Ich verwette meinen rechten Fuß samt Zehen, daß dieses Walroß bei der Sauerei mitgemischt hat.«

Tram schaut mir ebenso bewegungslos wie treuherzig in die Augen, daß ich ihn loslasse.

Er setzt sich, läßt einen langen Seufzer los und richtet seine Krawatte. »Es tut mir ja leid, aber mit deinem rechten Fuß kann ich wirklich nichts anfangen«, sagt er, »allerdings hätte ich ein Recht auf ihn, denn die Wette hast du verloren.«

Er seufzt noch einmal, und ich stehe wie angenagelt da und warte auf die Fortsetzung.

»Ich hab's ja gewußt, daß du einen Wutanfall kriegst, und ich kann's auch verstehen«, sagt er. »Es bricht einem das Herz, seinen Wagen so hergerichtet zu sehen. Da du jetzt genügend Dampf abgelassen hast, setz dich hin und erhol dich. Steck dir eine unter die Nase.«

Ich zünde mir also eine an und fülle meine Lungen mit Rauch.

»Hast du die Zeitungen von heute früh nicht gelesen?« fragt Tram.

»Habe ich nicht«, antworte ich, »warum?«

»Gestern abend um 23 Uhr 10 hat sich einer aus dem 24. Stock des Birillo-Hochhauses gestürzt und ist ausgerechnet auf deinem Wagen gelandet.«

Ich betrachte ihn durch den Zigarettenrauch, schnupfe auf und schaue in eine andere Richtung.

»So sorry«, sage ich nur.

2. Kapitel

Wer etwas zerbricht, zahlt – ich mache die Bekanntschaft einer Sommersprossensammlung – habe aber keine Ahnung, was mich erwartet.

Tram öffnet einen Aktendeckel und blättert darin herum. »Die ganze Geschichte kannst du in den Zeitungen lesen, aber da du schon einmal hier bist, habe ich nichts dagegen, dir die Zusammenhänge zu erklären. Viel ist es sowieso nicht. Alles ist simpel und klar wie ein Gebirgsbächlein. Er heißt Luis Pedalu, 51 Jahre, Gewicht 95 Kilo.«

Er legt das Blatt wieder hin und schaut mich an.

»Du kannst dir ja vorstellen, was passiert, wenn 95 Kilo aus dem 24. Stock eines Wolkenkratzers auf ein Auto stürzen.«

In mir fängt es schon wieder zu brodeln an. »Porco mondo«, rufe ich. »Ausgerechnet auf meinen Wagen mußte er fallen. Waren da nicht noch andere am Randstein geparkt?«

»Ich glaube nicht, daß es Absicht des verblichenen Signor Pedalu war. Es scheint mir ziemlich unmöglich, vom 24. Stock die genaue Fallinie bestimmen zu können. Außerdem fehlt jeder Hinweis, daß der Selbstmörder mit der Absicht, deinen Wagen zu zermalmen, hinuntergesprungen ist.«

»Zufall oder Absicht«, sage ich, »er hat ihn zermalmt, ihn in einen Haufen unbrauchbaren Schrott verwandelt! Und wer zahlt das?«

»Tja«, meint er, »das ist ein Punkt, der mich in keinster Weise etwas angeht. Die Schuld liegt bei dem armen Teufel, der jetzt im Leichenschauhaus Quartier bezogen hat.«

»Großartig!« schnaube ich, »er fällt auf meinen Wagen, verursacht einen Schaden von über den Daumen gepeilt 200–250 Tausendern und wäscht sich dann im Leichenschauhaus die Hände in Unschuld! Ohne mich! Einer zahlt und wie!«

»Du kannst es ja probieren. Der Weg zum Leichenschauhaus ist dir ja bekannt. Aber ich bezweifle, daß du Erfolg haben wirst.«

»Bei irgendwem werde ich Erfolg haben«, sage ich, »ein paar Erben wird's wohl geben, oder nicht?«

»Die Witwe«, sagt Tram, »sie heißt Flo und wohnt in der Cambiale Allee 18. Aber jetzt dürfte nicht der geeignete Moment sein, von ihr Schadenersatz zu fordern.«

»Was sagst du da? Sie wohnt nicht im Hochhaus? Lebte er etwa von seiner Frau getrennt?«

Tram zerdrückt den Zigarettenstummel im Aschenbecher.

»Im 24. Stock des Birillo-Wolkenkratzers hat er sein Büro. Die Firma heißt WITI, Im- und Export von Raubtieren. Seine Kompagnons sind Cool Mastice und Lotus Maddaleno. Ich erzähle dir auch gleich, daß die Büros abends geschlossen sind. Signor Pedalu hat sich um 22 Uhr von seiner Frau verabschiedet, ist mit einem Taxi zum Hochhaus gefahren und war um 22 Uhr 10 in seinem Büro. Bis 23 Uhr 10 war er dort allein, hat dann das Licht gelöscht und ist aus dem Fenster gesprungen.«

»Nun gut«, sage ich, »wenn die Witwe nicht zahlen will, werden eben die Partner blechen müssen, einer muß zahlen.«

Ich nehme mir noch eine Zigarette, zünde sie an und stehe dann auf.

Tram gibt mir ein grünes Blatt Papier. »Du kannst deinen Wagen abholen lassen, wir brauchen ihn nicht mehr.«

»Va bene«, sage ich, »ich lasse ihn abschleppen«, und stecke den grünen Zettel in die Tasche.

Tram steht auf und stützt sich mit den Fäusten auf die Schreibtischplatte.

»Hör mir gut zu«, sagt er, »ich kenne dich lange genug und weiß, daß du deine Nase immer in Dinge stecken mußt, die dich nichts angehen. Aber merke dir für dieses eine Mal: Wirf keinen Dreck in sauberes Wasser!«

»Ich will nur mein Geld«, sage ich.

»Und daß du nicht auf falsche Gedanken kommst: Signor Pedalu hatte einen Brief in der Tasche, in dem er die Gründe seines Freitodes erklärt.«

»Hat ihm die teure Gattin Hörner aufgesetzt?« frage ich, »oder sind sie ihm draufgekommen, daß er ein paar Leoparden ohne Wissen seiner Partner verscherbelt hat?«

Mit dem rechten Mundwinkel versuche ich so etwas wie ein Grinsen, gehe dann zur Tür und nehme die Klinke in die Hand.

»Nichts dergleichen«, antwortet Tram; dann fährt er in Zimmerlautstärke fort, »unheilbare Krankheit. Sein Arzt hat es uns vor einer Viertelstunde bestätigt.«

Noch eine halbe Minute stehe ich, die Türklinke in der Hand, da. Dann werfe ich den Zigarettenstummel auf den Boden, trete ihn mit dem Schuh aus.

»Irgendeiner wird zahlen«, sage ich noch, und schließe dann die Türe von außen.

Ich verlasse das Polizeigebäude, überquere die Straße und bestelle mir in den »Handschellen« einen dringenden Bourbon. Während der junge Mann mich bedient, erscheint Sibilio, der Besitzer des Lokals. Wir sind seit Jahren befreundet, und er begrüßt mich mit einem schmerzhaften Händedruck.

»Ich hab's in der Zeitung gelesen«, sagt er, »ist er schwer beschädigt?«

»Kann man wohl sagen«, antworte ich, »aber irgendwer wird für die Reparatur aufkommen, wenn man ihn überhaupt noch in Ordnung bringen kann.«

Ich trinke aus und zahle.

Sibilio haut mir freundschaftlich auf die Schulter..

»Kopf hoch, altes Schlachtroß«, tröstet er mich, »sie werden ihn schon wieder so hinkriegen, daß er wie neu wirkt. Mit meiner Frau war's genauso, als sie die Treppe hinunterfiel und sich Arme und Beine brach. Sie ist wendiger als zuvor aus der Klinik gekommen und kann die Ellbogen sogar nach vorne drehen, was vorher unmöglich war. Alles in allem ist sie in besserem Zustand als zuvor heimgekommen.«

Ich nicke.

»Wir werden sehen«, drehe mich um und gehe.

Sibilio kennt mich gut genug, daß er weiß, wann mit mir nichts anzufangen ist. Er ist nicht böse, wenn ich auf seinen seltsamen Humor nicht eingehe.

Gerade, als ich mich in Bewegung setze, höre ich hinter mir zwei Huptöne. Es ist das Taxi, das mich ins Präsidium gebracht hat.

»Salve«, grüßt der Fahrer, »jeder weiß, in welchem Zustand Ihr Wagen ist, wenn Sie zu Fuß weggehen. Wollen Sie ein Taxi, bitte, ich bin frei.«

Ich schaue ihn mir näher an.

Er ist um die dreißig, blond und so voller Sommersprossen, daß man meint, einer hat ihm eine Handvoll Linsen ins Gesicht geworfen, die dort kleben geblieben sind.

»Wie heißt du?« frage ich ihn.

»Benito.«

»Na, da kannst du ja nichts dafür«, sage ich, »ich werde dich Ben nennen. Stell die Uhr ab, ich behalte dich, bis mein Wagen repariert ist.«

Vor Begeisterung hüpft er von seinem Sitz hoch und gibt der Taxiuhr einen Tritt.

»O.k., Boß«, sagt er und macht die Tür auf.

»Treten Sie ein und fühlen Sie sich wie zu Hause.«

Ich mache es mir bequem, und er setzt sich ans Steuer. Ich gebe ihm die Adresse der Reparaturwerkstätte, bei der ich gewöhnlich meinen Wagen überholen lasse.

»Als Sie in der Zentrale waren«, sagt er, während er losfährt, »hab' ich mir eine Zeitung gekauft. Die ganze Geschichte steht drin. Ich habe mir gleich gedacht, daß Ihr Wagen bös zugerichtet ist, drum bin ich dageblieben und habe auf Sie gewartet.«

»95 Kilo hat dieser Mensch gewogen und ist vom 24. Stock heruntergeplumpst.«

Ben läßt einen Pfiff los.

»Da kann ich mir den Zustand Ihres Wagens gut vorstellen. Mir ist einmal eine Blumenvase aufs Wagendach gefallen und hat nicht nur das Dach, sondern auch den steifen Hut des Fahrgastes durchschlagen. Wissen Sie übrigens, daß ich einer Ihrer Fans bin? Als ich aus der Zeitung erfahren habe, wer Sie sind, habe ich im geheimen gehofft, daß Ihr Wagen nur mehr ein Schrotthaufen ist.«

Ich kurble das Mittelfenster hoch, der Taxifahrer grinst.

Ich strecke mich aus und schließe die Augen.

Ich denke an die Einwohner dieser Stadt, die so gar keinen Respekt vor dem Eigentum anderer haben.

Jeder denkt nur an sich und geht rücksichtslos seinen Geschäften nach, ohne sich im mindesten darum zu kümmern, ob er seinem Hintermann auf die Zehen tritt.

Aber ich lasse mir weder auf die Zehen treten noch meinen

Wagen widerspruchslos zerbeulen, und da es nun mal passiert ist, muß einer den Schaden zahlen.

Die Witwe oder die Teilhaber?

Ist mir gleich: ich will nur meinen Wagen wieder in seinem ursprünglichen Zustand zurückbekommen, ohne eine Lira dafür auszugeben. Als erstes werde ich einen Blick auf die Witwe werfen. Wenn sie mit den Nerven runter ist, passen wir gut zusammen, ich bin's auch.

An der Werkstätte steige ich aus und gehe hinein. Kaum sieht mich Cipiglio, der Besitzer, setzt er eine wahre Leichenbittermiene auf und umfaßt meine Hand mit beiden Pranken. »Ich hab's gelesen«, sagt er, »es tut mir leid, ehrlich!«

Ich ziehe meine Hand aus dem Schraubstock und übergebe ihm den grünen Wisch.

»Schick einen Abschleppwagen ins Präsidium«, sage ich, »bring die traurigen Reste meines einst so blühenden Wagens her und versuche, so gut es geht, ihm sein altes Image wiederzugeben. Ich möchte nur den ungefähren Preis wissen, weil ich logischerweise die Reparatur nicht zahle.«

»Ich werde mein Möglichstes tun«, verspricht er.

Ich drehe mich um und springe wieder ins Taxi.

»Fahr mich zur Villa Ragadi, Cambiale Allee 18«, sage ich.

Ben tupft an seinen Mützenschirm, drückt aufs Gas und reiht sich in den Verkehr ein.

Die Villa Ragadi ist von der Straße durch eine mindestens zwei Meter hohe Hecke abgeschirmt.

Ich sage Ben, er solle auf mich warten, drücke dann ein weißlackiertes Gittertor auf und trete ein.

Jenseits des Gitters beginnt ein sanft ansteigender Rasen. Die Hecke setzt sich rechts und links fort und grenzt so den Garten zu den Nachbargrundstücken hin ab. Ein Kiesweg führt bis zur Villa und um sie herum, wahrscheinlich zur Garage, die man von hier aus nicht sieht.

Die Villa ist ein moderner Betonbau. Zwei große Fenster flankieren die Eingangstür.

Das Haus scheint ausgestorben, wahrscheinlich liegt die Witwe auf ihrem Doppelbett und weint bitterlich.

In Anbetracht ihrer Lage wäre dies logisch, wenn ich auch schon Witwen erlebt habe, die mit Luftsprüngen und Jauchzern ihrer Trauer Ausdruck verliehen.

Ich läute an der Eingangstür, höre auch die Glocke im Inneren anschlagen, aber es rührt sich nichts.

Ich spähe durch das Fenster zur Rechten und sehe, daß sich der Vorhang leise bewegt. Also ist jemand im Haus.

Von innen höre ich Geräusche, Gläserklirren, Schritte, dann wieder Stille.

Ich läute noch einmal und muß wieder ein paar Minuten warten, bis sich die Tür endlich zwei Zentimeter weit öffnet.

Ein weibliches Wesen steht dahinter, aber im Halbdunkel kann ich nicht viel unterscheiden.

»Was wollen Sie?« fragt sie.

Teufel, Teufel!

Eine Stimme, die das Ohr schon liebkost, ehe sie das Trommelfell erreicht hat und einen wollüstigen Schauer über den Rücken jagt.

»Das, was ich will, geht ganz bestimmt nicht durch einen zwei Zentimeter breiten Spalt«, sage ich. »Lassen Sie mich endlich hinein!«

Ich merke ihre Absicht, die Tür wieder zu schließen, nehme deshalb die Klinke in die Hand und drücke.

Die Tür springt auf, das weibliche Wesen macht einen Satz rückwärts und bleibt in ungefähr zwei Meter Entfernung stehen. Während ich sie mustere, entfährt mir ein Begeisterungspfiff. Ich hätte *Sie* an meiner Stelle sehen mögen!

Ich nehme an, Sie können sich ein Bierglas vorstellen: wenn nicht, nehmen Sie eins zur Hand und gießen Sie den Inhalt einer Bierflasche hinein: An einem gewissen Punkt steigt der Schaum in die Höhe, aber Sie gießen weiter.

Sie sehen, wie sich der Schaum über den Glasrand hinaus verbreitert, anschwillt und am Außenrand hinunterrinnt.

Haben Sie's? Genauso sieht sie aus, mit einer Bierschaumkrone, die sich bis zu den Schultern ausgebreitet hat.

An einem heißen Augusttag müßte es eine Wonne sein, unter einem Kastanienbaum am Ufer eines Flusses sitzend diese Labsal auf einem Tisch vor sich zu haben.

Größer als 1.60 ist sie nicht, aber so viele, in dieses Minimaß gepreßte Köstlichkeiten sind mir noch nie untergekommen. Von der Taille abwärts hat sie sich ein Paar gelbe Strumpfhosen aufgemalt. Die oberen Kurven stecken in einer braunseidenen Bluse mit langen Ärmeln und einem Dekolleté, das fast bis zu den Knien reicht. Ihre Augen, Ton in Ton mit der Bluse, blicken aus einem hübsch bemalten Puppengesicht.

So auf den ersten Blick schätze ich sie auf höchstens zwanzig.

»Salve, Bierschaumkrone«, grüße ich sie, als ich mit dem Maßnehmen fertig bin, »ist's erlaubt, näher zu treten?«

»Noch näher?« fragt sie und streicht sich eine Locke zurück, die ihr übers rechte Auge gefallen war, »wer sind Sie und was wollen Sie?«

Zu meiner Rechten stehen Türen zu einem lichtdurchfluteten Salon offen. Dahin wende ich mich.

»Sie sehen eigentlich nicht wie eine frisch gebackene Witwe aus«, sage ich, »ich meine, wie eine, die erst seit wenigen Stunden Witwe ist. Hoffentlich sind Sie nicht Signora Pedalu?«

»Bin ich nicht«, sagt sie.

Sie schlüpft in den Salon und nähert sich vorsichtig einem Sessel, hinter dem sie argwöhnisch Aufstellung nimmt. Nervös spielt sie mit ihren Händen und wirft ängstliche Blicke in den Hintergrund, als würde dort Gefahr lauern.

»Wenn Sie nicht Signora Pedalu sind, wer dann?« frage ich sie.

»Ihre Schwester«, antwortet sie, »bitte gehen Sie jetzt!«

»Ich muß aber Signora Pedalu sprechen«, bekräftige ich, »wo ist sie?«

»Sie ist nicht da, und ich weiß auch nicht, wohin sie gegangen ist. Wer sind Sie eigentlich?«

»Der Besitzer des Wagens, den Ihr Schwager gestern so übel zugerichtet hat«, sage ich. »Ich nehme an, daß Sie über das Vorgefallene orientiert sind.«

»Ja«, sagt sie.

Sie beginnt zu zittern, nimmt sich aber sofort zusammen und bleibt verkrampft stehen.

Auch ich höre für ein paar Sekunden auf zu atmen.

In unmittelbarer Nähe fällt ein Tisch mit Gläsern um, dann kracht eine Flasche entweder durch ein Fenster oder in einen

Spiegel, und zum Abschluß landet ein Haufen Glasscherben auf einem Marmorfußboden, begleitet von einem halben Dutzend kurz hintereinander folgender Schläge. Eine halbe Sekunde später bin ich an einer Schiebetür, die ich in einer weiteren Sekunde aufgerissen habe.

Mitten im Zimmer kniet zwischen den Trümmern eines Tischchens und einem umgeworfenen Stuhl ein Dompteur auf meinem Chauffeur und versucht ihm seine Sommersprossen stückweise vom Gesicht zu reißen.

Mit einem Tritt befördere ich ihn an die Wand, nehme dann Ben am Kragen und stelle ihn auf die Beine.

»Was zum Teufel machst denn du hier?« frage ich ihn.

Er befühlt seine Sommersprossen, als wolle er nachzählen, ob sie auch noch alle vorhanden sind.

»Dieser miese Typ da«, sagt er, »hat an der Tür gehorcht.«

»Und er hat mich hinter dem Vorhang ausspioniert«, sagt der Dompteur, der inzwischen aufgestanden ist und nun drohend auf Ben zugeht, aber das Bierschaummädchen stellt sich dazwischen.

»Danimarco!« ruft sie.

Er bleibt stehen, und ich betrachte ihn näher.

Ungefähr 1.70, 80 Kilo, die schwarzen, glatten Haare sind gekonnt zu einem Mittelscheitel dressiert, und ein Backenbart umklammert seinen viereckigen Schädel bis zum Unterkiefer. Er hat rote Seidenhosen an und ein Leopardenfell über die Schulter geworfen, das quer über seinen behaarten Oberkörper bis zu den Schenkeln reicht.

Das Fell wird von einem breiten, stahlbeschlagenen Ledergurt gehalten. Zwei riesige Messingarmbänder und Sandalen vervollständigen seinen Aufzug.

Wenn ich ein halbverhungerter Jaguar wäre, würde ich ihn mir einverleiben, aber ich bin keiner, dem Himmel sei Dank.

»Sie sind wohl Tierbändiger?« frage ich, nur um die Konversation zu eröffnen.

»Mein Beruf, wenn Sie nichts dagegen haben«, antwortet er stolz.

Ich zucke mit den Achseln.

»Von mir aus können Sie wilde Tiere bändigen oder Semmeln

verkaufen«, sage ich, »ich kann mir nur nicht vorstellen, daß es in diesem Haus etwas zu bändigen gibt.«

Er preßt die Fäuste zusammen und bläht die Nüstern.

»Danimarco ist ein Freund der Familie«, mischt sich mein Bierschaummädchen ein, »wer hat Sie überhaupt gebeten, Ihre Nase in unsere Familienangelegenheiten zu stecken?«

»Kein Mensch hat mich um irgend etwas gebeten«, sage ich, »ich will nur die Witwe Pedalu sprechen.«

»Und dazu schicken Sie Ihre Spürhunde aus?« sagt Löwenschreck.

Ich wende mich an Ben.

»Wer hat dir aufgetragen, hier herumzuschnüffeln?« frage ich ihn.

»Ich hab' mir gedacht, Sie brauchen vielleicht Hilfe«, meint er, »ich wollte schon immer Detektiv werden.«

Ich schubse Ben dem Ausgang zu und bleibe an der Tür stehen. »Ihre Angelegenheiten interessieren mich nicht, aber irgendwer muß für meinen Schaden aufkommen. Bestellen Sie der Witwe nur, daß ich mit ihr reden muß.«

Löwenschreck legt eine Hand auf Bierschaums Schulter.

»Schaut endlich, daß ihr hinauskommt, sonst ...«, droht er.

Ich mache die Türe auf, schiebe Ben hinaus und folge ihm. Auf dem Weg zum Taxi erklärt mir Ben, daß er vorher um das ganze Haus geschlichen ist, einen Blick in die Garage geworfen habe, in der ein Sportwagen steht, und, als er durch die Terrassentür lugte, den Löwenschreck an der Schiebetür lauschen sah.

»Ich war wirklich sehr leise«, versichert er, »aber der Wind hat die Vorhänge gebauscht, da hat er sich umgedreht und mich gesehen. Ich wollte Ihnen ja nur bei Ihren Recherchen helfen.«

»Da gibt's nichts zu recherchieren«, kläre ich ihn auf. »Ich will nur die Reparaturkosten für meinen Wagen ersetzt haben.«

»Man kann nie wissen ...«, bemerkt er weise.

»Es wird besser sein, wenn du dich in Zukunft nur um dein Taxi kümmerst«, sage ich, »du könntest in einer Sackgasse landen und womöglich noch deine schönste Manneszier, die Sommersprossen, einbüßen.«

»Sie sind der Boß«, sagt er kleinlaut.

»Und wohin geht's jetzt?« fragt er, als wir einsteigen.

»Ein wenig Kaugymnastik wird uns guttun«, sage ich und gebe ihm die Adresse vom »Zerbrochenen Teller«, einem Gasthaus in der Straße, wo sich auch mein Büro befindet.

3. Kapitel

Eine Superwitwe besucht mich und vertraut mir ihren Verdacht an – ich höre zu, bin aber noch skeptischer als der Leutnant Tram – skeptisch oder nicht, einer wird zahlen.

Ben lädt mich vor der Trattoria ab.

»Ich fahre nach Hause zum Essen«, sagt er, »meine Frau und die Kinder erwarten mich. Wo soll ich Sie abholen, Chef?«

Ich gebe ihm die Adresse meines Büros, gehe dann in den »Zerbrochenen Teller« und lasse mir eine Portion Erbsen und ein Beefsteak bringen.

Ich schütte eine halbe Flasche Bourbon nach, zahle und gehe. Mein Büro befindet sich nur zwei Häuserblocks weiter, und so bin ich in fünf Minuten dort.

In solchen Situationen ist mein Partner mein bester Vertreter. Doch diesmal steht zwar die Tür offen, aber von Greg keine Spur.

Dagegen finde ich eine Dame in tiefster Trauer, die, als sie mich kommen sieht, aufsteht und mir entgegenblickt.

Mehr als vierzig ist sie sicher nicht, nur sieht sie mindestens zwanzig Jahre älter aus.

Sie trägt ein langes, schwarzes, über und über mit silbernen Borten und Schleifen garniertes Kleid. Ein schwarzer Spitzenschleier bedeckt ihr Haar und darauf thront eine winzige schwarze Pillenschachtel à la Jackie.

Dieses Modell hat sie sich bestimmt vom Begräbnisinstitut anfertigen lassen, ein Zweifel an ihrer Witwenschaft ist dadurch auszuschließen.

»Signora Pedalu?« frage ich.

Sie nickt und führt mit der schwarzbehandschuhten Hand ein Taschentuch an die Augen.

Ein schwarzes mit silbernen Arabesken.

Eine Witwe dieses Kalibers macht mich verlegen. Ich weiß nicht, was ich sagen und welche Lautstärke ich einschalten soll, um in dieser Atmosphäre den richtigen Ton zu treffen. Probier ich's eben.

Ich gehe einen Schritt auf sie zu, strecke die Hand aus und beginne ebenso originell wie passend:

»Wie geht's?«

Sie reicht mir die Rechte, ich drücke sie, dann setzt sie sich wieder.

Auf meinem Stammplatz hinter dem Schreibtisch überlege ich, ob ich sie fragen soll, wer sie in mein Büro gelassen hat, das normalerweise, wenn weder Greg noch ich da sind, abgesperrt ist.

Aber sie kommt mir zuvor.

»Entschuldigen Sie«, sagt sie, »ich suche Sie schon den ganzen Vormittag. Ich war auch in Ihrer Wohnung, aber dort waren Sie nicht.«

»Mein Partner Greg müßte dort gewesen sein«, sage ich, »ein Polizeihund.«

»Ah, ein Hund!« ruft sie aus. »Seien Sie nicht böse, aber ich bin so außer mir, daß ich mich über den Hund gar nicht gewundert habe.«

»Kann ich mir vorstellen«, sage ich.

»Er hat mir zu verstehen gegeben, daß Sie nicht zu Hause waren«, fährt sie fort, »hat mich hierher begleitet, sich vom Hausmeister die Tür aufsperren lassen und ist dann wie der Blitz verschwunden.«

Es ist noch nie vorgekommen, daß Greg einen Klienten allein im Büro gelassen hat. Gewöhnlich setzt er sich an meinen Platz hinter dem Schreibtisch und versucht auf seine Weise, den Betreffenden zu befragen.

Er kann sich nicht verständlich machen und gibt den Leuten die Schuld, daß sie sich nicht die geringste Mühe geben, ihn zu verstehen. Deshalb läßt er keinen fort, ehe ich komme. Diesmal scheint ihn etwas zur Eile getrieben zu haben. Ich nehme an, die aus jedem Rahmen fallende Erscheinung der Ärmsten hat ihn erschreckt und auch die ganze triste Atmosphäre, die sie umgibt.

Ganz unrecht kann ich ihm dabei nicht geben, wenn auch ein Hund, der unseren Beruf ausübt, jeder Situation gewachsen sein müßte. Das werde ich ihm klarmachen, wenn er zurückkommt. Inzwischen betrachte ich die Witwe Pedalu und warte darauf, von ihr den Grund ihres Besuches zu erfahren.

Sie trocknet noch einmal ihre Tränen mit dem Pompe-funèbre-Taschentuch und schaut mich dann an.

»Signor Pipa«, beginnt sie, »Sie müssen über den Tod meines Mannes Nachforschungen anstellen.«

Ich lehne mich zurück und schaue sie erstaunt an.

»Ihr Mann«, sage ich dann, »hat sich aus dem Fenster seines Büros im 24. Stock gestürzt. Auf meinen Wagen.«

Sie schüttelt sanft den Kopf.

»Mein Mann hat sich nicht umgebracht.«

Ich stütze die Ellbogen auf den Schreibtisch und das Kinn in die Hände.

»Ich habe erfahren, daß Ihr Mann einen Brief hinterlassen hat, in dem er die Gründe seines Selbstmordes erklärt. Sie wissen doch, daß er bei einem Arzt war?«

»Ich wußte es«, antwortet sie. »Zwei Tage danach hat mir der Arzt alles über die Krankheit meines Mannes anvertraut, aber trotzdem war Luis in keinster Weise deprimiert. Er war ein starker Charakter und beherrschte seine Gefühle bewundernswert. Haben Sie den Brief gelesen?«

»Habe ich nicht«, sage ich.

»Er schrieb etwas von einem Revolver. Luis hat nie im Leben einen Revolver besessen und erst gestern früh einen gekauft.«

Wieder wischt sie sich mit ihrem schwarz-silbernen Taschentuch die Augen.

»Gestern abend nach dem Essen hat er sich in sein Zimmer eingeschlossen und den Brief geschrieben, aber dann muß er irgend etwas entdeckt haben, weil er in großer Eile weggegangen und in sein Büro gefahren ist. Warum sollte er sich aus dem Fenster stürzen, wenn er die Absicht hatte, sich zu erschießen?«

»Hatte er den Revolver bei sich?« frage ich.

»Ja«, bestätigt sie, »man hat ihn in einer seiner Taschen gefunden.«

»Er könnte Ladehemmung gehabt haben«, meine ich.

»Er funktionierte tadellos«, entgegnet sie. »Und dann gab es keinen Grund, sich im Büro umzubringen. Zu Hause hatte er viel mehr Platz.«

»Hat er etwas gesagt, als er wegging?« frage ich.

»Er schien außer sich, hat aber kein Wort gesagt.«

Ich atme tief ein und lasse dann die Luft langsam entweichen.

»Wenn Sie einen Verdacht haben, müssen Sie sich an Leutnant Tram wenden. Für solche Erhebungen bin ich nicht zuständig.«

»Ich habe schon mit ihm gesprochen«, sagt sie, »aber er bleibt bei seiner Selbstmordtheorie. Er behauptet, daß aus dem Brief klar seine Selbstmordabsicht hervorgeht. Daß mein Mann sich aus dem Fenster stürzte, statt sich zu erschießen, ist ohne jede Bedeutung. Er kann sich im letzten Augenblick anders entschlossen haben.«

»Das tun viele«, sage ich.

»Sie haben Luis nicht gekannt«, sagt die Superwitwe. »Er hat nie einen einmal gefaßten Entschluß geändert. Wenn er geschrieben hat, er werde sich erschießen, hätte er es auch getan. Aber dazu ist es gar nicht gekommen, weil ihn einer aus dem Fenster gestürzt hat.«

Ich starre sie an.

Ich frage mich, was die Superwitwe im Schild führt, was dahintersteckt, um mir eine solche Horrorstory aufzutischen?

Bevor ich antworte, schraube ich meine Lautstärke etwas höher. »Hören Sie zu«, sage ich, »legen wir die Karten auf den Tisch: für einen Idioten dürfen Sie mich nämlich nicht halten ... Wer beerbt Ihren Mann?«

»Ich«, sagt sie schlicht. »Beim Notar liegt ein Testament zu meinen Gunsten. Warum fragen Sie?«

»Weil er sich aus dem Fenster gestürzt und meinen Wagen zertrümmert hat«, sage ich, »und wer diesen Schaden verursacht hat, muß auch dafür aufkommen. Da er dazu nicht mehr imstande ist, muß ich mich an den wenden, der kassiert. Ist das klar? Erzählen Sie mir nur nicht, daß er hinuntergeworfen wurde, nur damit Sie den Schaden nicht ersetzen müssen!«

Ich sehe, wie sich ihre Wangen mit einem blassen Rosa überziehen, um aber gleich wieder in die passendere Trauerfarbe zurückzubleichen.

»An Ihren Wagen habe ich wirklich nicht gedacht, aber es stimmt natürlich, daß der, welcher ihn aus dem Fenster gestürzt hat, die Reparatur ersetzen muß.«

»Und wer ist das?« frage ich.

»Das weiß ich eben nicht«, sagt sie. »Deswegen bin ich ja hier, damit Sie es herausfinden.«

Teufel, Teufel! Auch eine Ausrede, um sich vor dem Schadenersatz zu drücken. Und genau das will ich ihr sagen, als ich bemerke, wie sie ihre Handtasche öffnet.

Eine schwarze Lackledertasche mit Silberfransen und silbernem Bügel.

»Was wird die Reparatur des Wagens kosten?« fragt sie sachlich.

»Ich fürchte, 200.000 werden nicht reichen«, antworte ich.

Sie entnimmt der Tasche einen dicken, von einer Banderole zusammengehaltenen Packen Tausender und legt ihn auf den Schreibtisch. Dann zaubert sie noch einen zweiten hervor und legt ihn zu dem ersten.

»Das«, sagt sie, »sind 200.000. Ihr Honorar. Bringen Sie heraus, wer meinen Mann aus dem Fenster geworfen hat. Können Sie aber beweisen, daß er selbst es war, schicken Sie mir die Rechnung für die Autoreparatur, und ich werde sie bezahlen. Wenn nicht, soll der Mörder dafür aufkommen. Einverstanden?«

Ich schaue auf die zwei Päckchen. Auch wenn ich derzeit ganz gut bei Kasse bin, ist ihr Anblick doch beglückend.

»Der Im- und Export von Raubtieren scheint sich zu rentieren.«

Sie schüttelt den Kopf.

»Mein Mann stammte aus einer reichen Familie. Die von ihm gegründete Gesellschaft brachte nicht viel ein, es war eigentlich mehr ein Hobby von ihm. Er hat lange Zeit im Dschungel gelebt und liebte die Wildkatzen. Cool Mastice und Lotus Maddaleno brauchten keine großen Überredungskünste, um ihn als Gesellschafter zu kapern und die WITI zu gründen.«

»Erzählen Sie mir von dieser Gesellschaft.«

»Sie liefert Löwen, Tiger, Panther, Elefanten und andere exotische Tiere an zoologische Gärten und Zirkusunternehmen. Auch an Privatpersonen, wenn jemand die Möglichkeit hat, sich so ein Tier zu halten. Um bei der Wahrheit zu bleiben, große Nachfrage nach Raubtieren besteht nicht. Mein Mann hat immer versucht, bei den Menschen die Liebe zu diesen Tieren zu wekken, leider mit recht wenig Erfolg. Darunter litt er sehr.«

»Sie halten keines dieser Tiere im Haus?« frage ich.

»Wir hatten einmal einen Jaguar, aber unser Besitz ist nicht geeignet für diese Art von Tieren. Die Hecke rundherum genügt nicht, und so kam das arme Tier eines Tages abgehäutet zurück. Es war ein furchtbarer Schock für uns.«

»Sie haben ihm das Fell abgezogen?« frage ich.

»Ja, nachts. Von da an begnügte sich mein Mann, die Tiere in unserem Lager zu besuchen. Die Firma hat eine große Baracke an der Via Rapinati, wo die Tiere bis zum Verkauf versorgt werden.«

Jetzt, scheint es, hat die Superwitwe sich einigermaßen beruhigt. Ihre Augen sind trocken und das Taschentuch mit den silbernen Arabesken hat sie endgültig in der Handtasche verstaut.

»Kann sein, daß die Sache nichts damit zu tun hat«, sagt sie dann, »aber ich muß es Ihnen doch sagen. In letzter Zeit hatte mein Mann des öfteren Diskussionen mit seinen Kompagnons wegen geschäftlicher Schwierigkeiten. Nichts Wichtiges, hat er zu mir gesagt, eben unbedeutende Meinungsverschiedenheiten. Im letzten Halbjahr hatten seine Partner mehr Tiere eingeführt, als Bestellungen vorlagen. Er war besorgt, weil sich im Depot 3 Königstiger, 2 Panther, 6 Löwen und eine Hyäne befanden, für die keine Abnehmer greifbar waren. Natürlich müssen die Tiere gefüttert werden. Glauben Sie, daß das wichtig ist für Sie?«

»Ich weiß nicht«, sage ich. »Wer versorgt die Tiere?«

»Ein gewisser Danimarco«, sagt sie, »er ist Dompteur und in festem Vertragsverhältnis bei der Firma. Er ist ein Meister seines Metiers und hat großen Einfluß auf die Tiere. Unter ihm sind sie sanft wie die Lämmer, selbst wenn sie eine Woche nicht gefüttert wurden. Sie folgen ihm aufs Wort.«

»Hat er über Frauen die gleiche Macht?« frage ich.

»Das weiß ich nicht«, meint sie. »Das geht mich nichts an. Ich habe ihn nur ein paarmal im Büro der Firma gesehen.«

Beinahe hätte ich ihr gesagt, daß ich ihn vor kurzem in ihrer Villa getroffen habe, halte mich aber zurück.

»Erzählen Sie mir von Ihrer Schwester«, sage ich. »Sie wohnt doch bei Ihnen?«

Sie schlägt die Augen nieder und wird feuerrot.

»Sie ist nicht meine richtige Schwester«, klärt sie mich auf. »Nach dem Tod meiner Mutter hat sich mein Vater ein zweites Mal verheiratet. Seine zweite Frau brachte eine Tochter mit in die Ehe. So ist Dona eben bei uns geblieben. Sie ist Sängerin.«

»Sängerin?« frage ich zurück.

»Ja, in einem Nachtclub. Im ›Goldenen Loch‹.«

»Wo war sie gestern abend?«

»Als mein Mann wegging, zu Hause«, antwortet sie. »Sie fuhr dann wie gewöhnlich um halb elf Uhr zu ihrem Auftritt ins ›Goldene Loch‹.«

»Und sie ist wie immer aufgetreten.«

»Sicher. Die Polizei hat das bereits nachkontrolliert.«

Sie steht auf und deutet auf die zwei Päckchen auf meinem Schreibtisch.

»Also sind wir uns einig?« fragt sie geschäftsmäßig.

»Einverstanden«, bestätige ich.

Ich begleite sie zur Tür und schaue ihr nach, als sie den Korridor entlangschreitet.

Ein Hausbewohner, der an ihr vorbeigeht, zieht den Hut wie bei einer Beerdigung.

Ich schließe die Tür, gehe ins Büro zurück und nehme die beiden Banknotenpakete in die Hand.

Benissimo. Damit ist die Wagenreparatur wenigstens größtenteils bezahlt.

Zwar besitze ich einen kleinen Wandsafe, aber wenn Sie glauben, daß ich die Mäuse da hineinsperre, sind Sie schiefgewickelt. Ich ziehe den Tresor aus der Mauer und stecke die kostbare Fracht ins Loch dahinter.

Dann verstaue ich den Safe wieder an seinem Platz, zwitschere erst mal einen Bourbon, setze mich und lasse die kleinen grauen Zellen arbeiten.

Die Theorie der Superwitwe haut einfach nicht hin.

Wenn ihr Mann schon die Absicht hatte, sich zu entleiben, warum hätte ihn dann jemand aus dem Fenster werfen sollen? Aber vielleicht wußte der Mörder gar nicht, daß er Selbstmordabsichten hatte?

Nehmen wir an, sie haben ihn hinuntergeworfen und erst

hinterher erfahren, daß er sich umbringen wollte? Ihre dummen Gesichter hätte ich gern gesehen!

Hätte Signor Pedalu tatsächlich eine faule Sache entdeckt, so wäre es doch möglich, daß er deshalb seinen Freitod verschob; ein paar Tage mehr oder weniger hätten ihm nichts ausgemacht.

Doch wahrscheinlich sind das alles Fantasien der untröstlichen Witwe. Leutnant Tram ist nun mal ein alter Praktiker, und wenn er sicher ist, daß Signor Luis die Wahl seines Freitodes geändert hat, wird's wohl stimmen.

Vielleicht ist ihm gerade im letzten Moment eingefallen, daß ein Sprung aus dem Fenster ein sicherer Tod ist als ein Revolverschuß, oder er hatte keine Praxis mit Schußwaffen.

Tram hat alles nachgeprüft, die Alibis der Kompagnons, vom Löwenschreck und von allen Familienmitgliedern.

Ich muß an Löwenschreck denken, der sich in der Villa bei dem Bierschaummädchen versteckt, und grinse mir eins.

Wahrscheinlich bin ich in ein zärtliches Tête-à-tête hineingeplatzt. Kein Grund zum Dramatisieren. Ich gieße also noch einen Bourbon nach.

Greg müßte schon zurück sein. Die Superwitwe im Pompefunèbre-Dress ist gegangen, die Lage hat sich normalisiert. Dieser Strolch hat die Gelegenheit benützt und ist zu seiner Fernanda schmusen gegangen.

Ich nehme den Telefonhörer und rufe die Reparaturwerkstätte an. Cipiglio antwortet.

»Hast du den Wagen schon holen lassen?« frage ich.

»So eine Sauerei!« schimpft er los. »Zum Glück hat's eigentlich nur die Karosserie erwischt, ich habe den Wagen durchleuchtet, innen ist er o.k., sogar die Federung ist noch heil.«

»Was wird's kosten?« frage ich.

»So um die 120.000«, sagt er. »Das ist ein echter Freundschaftspreis, an dem ich keinen Centesimo verdiene.«

»Va bene, wann ist er fertig?«

»In zehn Tagen mit neu spritzen und allem und schöner als zuvor.«

Ich lege auf und seufze zufrieden.

120.000 plus 5.000 täglich für die Taximiete machen zusammen 170.000.

Bleiben mir noch 30.000, also muß ich mir nicht mehr den Kopf zerbrechen, wem ich die Rechnung schicken soll.

Ich gähne ausgiebig und will mich gerade zu einem Nickerchen ausstrecken, als das Telefon läutet. Noch mal Cipiglio.

»Ich habe vergessen, dir zu sagen«, fängt der Werkstattboß an, »daß mein Mechaniker, als er deinen Wagen abschleppte, von zwei Plattfüßlern angehalten wurde, die deinen Schrotthaufen durchsuchten. War es richtig, daß ich dich deshalb angerufen habe?«

»Sogar sehr. Haben sie etwas herausgenommen?« frage ich.

»Der Mechaniker kann es nicht sagen. Wenn ja, haben sie sich nichts anmerken lassen.«

Ich bedanke mich und lege auf.

Wenn das Polizisten waren, bin ich ein Bleistiftspitzer. Und wenn nicht, wer war's dann? Und was haben sie gesucht?

Und haben sie das, was sie gesucht haben, auch gefunden?

Leicht möglich.

In der Zentrale werden sie den Wagen nicht allzu genau durchgesehen haben. Einem, der von oben herunterfällt, kann ein Schlüsselbund, ein Kugelschreiber oder auch nur ein Zigarettenpäckchen aus den Taschen gefallen sein.

Oder auch irgend etwas, für einen anderen ungeheuer Wichtiges ... Ich wüßte nur gern, was und wer ...

Aber sie haben mich ja schon gewarnt, meine Nase nicht in anderer Leute Angelegenheiten zu stecken.

Immerhin könnte ich mir einen Löwen anschaffen oder einen Königstiger, meinen Sie nicht?

Das kann mir keiner verbieten.

Und wenn einer einen Löwen möchte, was tut er?

Er informiert sich, wo es einen zu kaufen gibt, vielleicht ein Gelegenheitskauf ...

Ich rufe die Auskunft an.

»Entschuldigen Sie, Signorina, ich möchte einen Löwen erwerben, wo gibt es einen zu kaufen?«

»Einen Löwen?« fragt sie zurück.

»Genau, einen Löwen.«

»Aber ... ich wüßte nicht ...«, stottert sie, und man hört direkt, wie verlegen sie ist. »Bitte warten Sie einen Moment, ich frage nach.« Man hört fernes Stimmengemurmel, dann wieder das Mädchen von vorher.

»Noch einen Augenblick, ich schaue nach«, sagt sie, und ich höre, wie sie Seiten umblättert.

»Hier hab' ich's«, sagt sie dann. »Die Importgesellschaft WITI, vielleicht versuchen Sie es dort? Das Büro ist im Birillo-Hochhaus, wollen Sie die Telefonnummer?«

»Danke, nein«, antworte ich, »ich gehe gleich hin.«

4. Kapitel

Eine Sommersprossenlawine begräbt mich unter sich – ich kann mich aber ohne allzuviel Schwierigkeiten herausarbeiten – warum sollte ich eigentlich keinen Löwen kaufen?!

Auf der Straße sehe ich Ben, der in seinem Taxi auf mich wartet. Ich habe noch keine zwei Schritte gemacht, als sich alle vier Taxitüren öffnen, aus denen unzählige Kinder herausquellen. Ben steigt auch aus, nimmt eine Frau, die neben ihm gesessen hat, bei der Hand und stellt sie vor mich hin.

»Salve, Chef«, begrüßt er mich, »hier meine Frau und die Kinder.« Er packt eines von ihnen und versucht es festzuhalten, während ein zweites sich an meinen Gürtel klammert.

Die Frau ist recht hübsch. Klein, zierlich, schwarzhaarig, ihre Augen blitzen vor Lebensfreude, und ihr Gesicht ist ein einziges Lächeln.

»Ahhh!« ruft sie aus. »Genauso hat Sie uns mein Mann beschrieben! Ich mußte Sie einfach kennenlernen!«

»Sie heißt Cecia«, stellt Ben sie vor. »Als ich unsere Abenteuer von heute früh erzählt habe, wollte die ganze Familie Sie kennenlernen.«

Einer der Burschen hängt an meinem Ärmel, ein anderer klettert auf meine Schultern.

»Wie viele sind's eigentlich?« frage ich. »Ich kann sie einfach nicht zählen.«

»Vier«, sagt die stolze Mutter. »Tarquinio, Prisco, Luca, Azzimondo, Zibibbo, Fritz und Guscio.«

»Das sind ja sieben!« rufe ich aus.

»Nein«, sagt Ben, »dem Erstgeborenen haben wir die Namen aller vier Großeltern gegeben.«

»Sind Sie wirklich Detektiv?« fragt die Signora. »Ich würde Ihnen zu gern bei der Arbeit zusehen.«

»Hört zu«, sage ich, »kennengelernt habt ihr mich, jetzt fahrt schön brav wieder heim.«

Einer der Buben, ich glaube, der kleinste, besteigt unter dem Sakko meinen Rücken. Ich schüttle ihn herunter.

»Signor Pipa«, bittet die Signora, »ich setze mich neben meinen Mann und bin Ihnen sicher nicht lästig!«

»Aber ja, Chef«, meint ihr Mann, »die Buben folgen mir aufs Wort und machen keinen Mucks, wenn ich es ihnen verbiete. Wir sind doch alle Ihre Fans!«

»Wie stellst du dir das vor?« frage ich. »Ich kann doch nicht mit einem ganzen Kindergarten rumziehen!«

»Nur dies eine Mal«, bittet Ben, »sie wollen doch sehen, wie Sie Mörder fangen!«

Der älteste der Knaben ist höchstens sechs und hat vier prächtige Vornamen, da kann ich einfach nicht hart bleiben!

Ich steige also ein, und die Lawine ergießt sich auf meine Knie. Ben setzt sich ans Steuer, seine bessere Hälfte neben ihn.

»Fahr mich in den Nostalgia-Korso!« sage ich und werde, ehe ich den Mund zumache, von fünfstimmigem Begeisterungsgebrüll unterbrochen.

»Uh, das ist einfach eine Wucht!« schreit die Gattin.

»Wir fahren an den Tatort von gestern nacht«, erklärt Ben, »an den Schauplatz des Verbrechens.«

»Bum, bum, bum«, brüllt einer der Knaben und zielt mit dem Zeigefinger auf meine Stirn.

Im Taxi herrscht ein Krach wie auf einem Truppenübungsplatz. Ich lehne mich zurück, um wenigstens den Rücken frei zu haben, als ich unter der Achsel hervor ein Stimmchen höre:

»Wo ist die Pistole?«

Ein Glück, das ich sie nicht bei mir habe! Eine vom Papa kühn geschnittene Kurve schmeißt die ganze Gesellschaft auf den Boden, und nun kann ich sie endlich in Ruhe betrachten.

Alle ganz der Papa. Ben hat seine Sommersprossen unparteiisch verteilt. Der kleinste ist höchstens zwei, aber er ergreift immer die Initiative.

Er wuzelt sich aus dem Haufen heraus, packt meine Krawatte und hievt sich an ihr in die Höhe.

Es ist unmöglich, dieser Landplage Herr zu werden, also bleibe ich ruhig sitzen und lasse sie toben.

Endlich sind wir am Ziel. Ben betätigt sich als Reporter.

»Hier hat er seinen Wagen abgestellt, und genau da hat sich der Mann aus dem 24. Stock gestürzt.«

»Uhhh!« ruft die Gattin wieder aus und fängt an, die Stockwerke abzuzählen. »Eins, zwei, drei, vier, fünf, sechs ...«

»Chef, ich halte etwas weiter vorne«, sagt Ben, »wenn noch einer da runterkäme, wäre mein Taxi vielleicht auch im Eimer ...«

Er fährt bis zum nächsten Häuserblock und hält.

Ich springe schnell aus dem Wagen und schließe die Tür, damit die Bande drinnen bleibt, und gehe zur vorderen Wagentür.

»Hör mir gut zu, mein Freund«, sage ich, »meine Arbeit ist kein Vergnügen, und wenn du sie mir noch schwerer machen willst mit deinen genialischen Einfällen, kratz die Kurve und laß dich nie wieder in meiner Nähe sehen, ist das klar?«

Er blinzelt unter seiner Kappe hervor und kratzt sich am Kopf. »Tut mir leid«, stottert er, »ich habe nicht geglaubt, daß meine Familie ...«

»Deine Familie ist goldrichtig«, sage ich, »deine Frau gefällt mir und deine Brut ist großartig, aber wenn ich arbeite, kann ich niemanden um mich herum brauchen, klar?«

Er nickt.

»Wenn du also weiterhin Wert darauf legst, mich zu fahren, bring die Bande heim, und zwar gleich. Ich bin mindestens eine halbe Stunde beschäftigt. Warte hier auf mich, aber nicht einmal eine Fliege will ich in deinem Taxi vorfinden, verstanden? Also los!«

Er legt den Gang ein und flitzt davon.

»Arrivederci!« schreit die Gattin aus dem Fenster. Die Buben winken mit etwas, das sehr nach meinem Taschentuch aussieht. Ich warte, bis der Wagen um die nächste Kurve verschwunden ist, dann atme ich auf. Ich komme mir vor wie nach einer nicht sehr erfolgreichen Schlacht und brauche dringend eine Stärkung.

Als ich losgehe, entdecke ich Greg, der eine Ladentür beschnüffelt und leise seinen Schweif bewegt.

Er hat mich gesehen und tut so als ob ... Er geht weiter an der Hauswand entlang und biegt dann um eine Ecke. Ich folge ihm. Ich sehe ihn eine Straße überqueren und in einer Bar verschwinden. Er hat mir angesehen, daß ich dringenden Nachfüllbedarf habe, er wahrscheinlich auch.

Wir setzen uns an einen Tisch im Hintergrund, und ich bestelle einen B.B. für mich und einen einfachen, in einer Kaffeetasse für ihn.

Es ist mir schleierhaft, was mein Partner in dieser Gegend zu suchen hat, und so beginne ich nach dem ersten Schluck zu überlegen.

»Als ich heute früh wegging«, fange ich an, »hast du noch fest geschlafen und kannst also gar nicht wissen, was inzwischen passiert ist. Du hast dich erinnert, daß wir gestern unseren Wagen hier abgestellt haben, und hast mich in dieser Gegend vermutet.«

Er macht mir klar, daß ich auf dem falschen Dampfer bin.

»Also nicht«, sage ich, »du hast gepennt, bis die Superwitwe mich besuchen gekommen ist.«

Diesmal haut es hin.

»Du hast sie ins Büro begleitet, das weiß ich, weil sie es mir selbst gesagt hat, aber dann bist du davongewetzt, statt auf mich zu warten. Wahrscheinlich hast du bei deiner Fernanda Station gemacht.«

Er knurrt und zeigt sich beleidigt.

»Entschuldige«, sage ich, »streich den letzten Satz aus dem Protokoll. Du mußt einen Grund gehabt haben, daß du nicht auf mich gewartet hast, und zwar einen beruflichen. Sag mir, ob ich richtig rate: du hast bemerkt, daß die Superwitwe von jemandem verfolgt wurde?«

Ich habe richtig geraten.

»Dann habe ich wohl recht in der Annahme«, fahre ich fort, »daß derjenige, als er wußte, wohin die Witwe wollte, sich verkrümelt hat und du ihm gefolgt bist, und zwar hierher.«

Genau.

»Und er ist noch hier herum«, sage ich.

Ich stehe auf und zahle.

»Verzieh dich in aller Ruhe ins Büro und warte dort auf mich. Ich gehe einen Moment zur WITI und schaue, ob ich einen Löwen zu kaufen kriege.«

Er blinzelt mir zu und trollt sich.

Ich betrete den Wolkenkratzer, steige in einen der fünf Lifte und drücke auf den Knopf zum 24. Stock.

Wenn sie die Witwe beschattet haben, ist todsicher der Wurm

drin, und wenn der irgendwo nagt, ist es doch nicht so wahrscheinlich, daß der Fenstersturz des Signor Luis nicht ganz freiwillig war.

Ob die Witwe doch recht hat?

Wenn ja, kompliziert sich die ganze Sache, und ich kann nicht im Schmollwinkel Däumchen oder sonstwas drehen.

Und dann, habe ich oder habe ich nicht vor einer knappen Stunde einen Auftrag angenommen?

Der Lift hält, und ich folge dem Pfeil mit der Aufschrift: WITI. Es ist die letzte Tür am Ende des Korridors. Auf ihr steht der Firmenname und die Bitte einzutreten.

Leise betrete ich ein kleines Vorzimmer, dessen Möblierung aus einem Tisch und zwei Sesseln besteht. An der linken Wand steht eine Tür offen.

Aus dem anderen Zimmer höre ich Stimmen. Zwei Männer reden miteinander.

»... eine gute Ausrede. Der Teilhaber Nummer 1 ist tot.«

»Und wenn wir zusperren, was dann? Das Dumme ist nur, daß Luky nicht mitspielt. Daran ist nur diese Idiotin schuld!«

»Die redet nicht, weil sie weiter absahnen will. Die einzige Gefahr ist die Witwe.«

»Die nimmt schon Luky in die Mache. Ein Glück, daß diese Scheißkerle von der Polizei das Ding im Wagen von dem superschlauen Detektiv nicht gefunden haben.«

Einer der zwei kommt mit dem Rücken zur Türöffnung zu stehen. Ehe er mich bemerkt, klopfe ich an, als sei ich eben erst hereingekommen.

Die Type kommt ein paar Schritte auf mich zu.

»Haben Sie gelauscht?« fragt er.

»Ich ... nie! Auf der Tür steht: Bitte eintreten, und das habe ich getan.«

»Was wollen Sie?« knurrt er.

»Ich bräuchte einen Löwen«, sage ich. »Man hat mich zu Ihnen geschickt.«

Er tritt einen Schritt zurück. »Kommen Sie weiter«, sagt er.

Ich habe bereits Gewicht und Personalien aufgenommen. Er ist klein, fett, kahl und seine hohe Stimme klingt, als käme sie aus einer gestopften Trompete.

Er ist mit vollendeter Gangstereleganz gekleidet. Giftgrüner Zweireiher mit orangen Streifen, blaues Hemd, zu dem die gelbe Krawatte einen erlesenen Kontrast bildet. An der Rechten trägt er so einen komischen Doppelring über zwei Finger mit einem zwetschengroßen Brillanten.

»Signor Mastice?« frage ich, während ich eintrete.

»Nein, ich bin Lotus Maddaleno«, antwortet der Fette.

»Cool Mastice bin ich«, sagt der am Schreibtisch Sitzende. Er verschließt eine Kassette und steht dann auf.

Er ist nicht viel größer als der fette Zwerg, aber scheinbar gut in Form. Die breiten Schultern zeichnen sich ohne jede Wattierung unter der Jacke ab.

Sein Kinn muß er zu Hause vergessen haben, denn sein Gesicht hört genau da auf, wo der Hemdkragen anfängt, aber scheinbar macht es ihm nichts aus.

Auch dieser Mensch ohne Kinn strahlt exklusive Eleganz aus. Sein Anzug ist walfischfarben, über dem grünen Hemd trägt er eine rote Krawatte, die mit einer Perle in Lampenschirmgröße geschmückt ist.

Der Raum ist ziemlich groß. Zwei Schreibtische, ein paar Aktenschränke, eine Bibliothek und ein Sofa mit dazupassenden Sesseln bilden die Einrichtung.

Durch zwei Riesenfenster kann man einen großen Teil des Panoramas unserer Stadt bewundern.

An den Wänden hängen Aufnahmen von Raubtieren in allen möglichen Stellungen, Tiger im Sprung, Großaufnahmen von Pantherköpfen und Jaguaren, geduckte, das Gebiß fletschende Löwen, Rhinozerosse.

»Entschuldigen Sie«, sagt der ohne Kinn, »Sie kommen gerade in einem ungünstigen Moment.«

»Verstehe«, antworte ich, »der Fenstersturz Ihres Teilhabers hat Ihnen schwere Probleme aufgebürdet. Eines davon ist meines.«

Ich sehe, wie die zwei einen schnellen Blick wechseln.

»Spielen Sie auf den Wagen an, den der arme Luis beim Hinunterstürzen beschädigt hat?«

»Wie kommen Sie darauf, daß ich der Besitzer dieses Wagens bin?«

»Sie sind eine Prominenz dieser Stadt«, spöttelt der ohne Kinn, »und Ihr Besuch überrascht uns nicht ... Ihr Pech ist ja sehr bedauerlich, aber ich sehe nicht, wie wir Ihnen helfen könnten?«

»Der Fall liegt doch so«, sage ich, »daß ich nicht weiß, wer für den Schadenersatz zuständig ist, die Witwe oder die Teilhaber.«

»Und was sagt die Witwe?« fragt der ohne Kinn, »haben Sie schon mit ihr verhandelt?«

»Das wissen Sie ganz genau«, sage ich, »sie sagt, daß *Sie* zahlen werden.«

Ich höre wieder den gestopften Trompetenton.

»Wollten Sie nicht einen Löwen kaufen?« fragt er.

Währenddessen hat er sich hinter mich gestellt, und ich wende mich ihm zu.

Er hat eine Hand in der Jackentasche und durch den Stoff sind unschwer die Konturen eines Revolvers zu erkennen.

Grinsend zielt er auf meine linke Niere.

»Stimmt«, sage ich, »ich möchte einen Löwen kaufen.«

»Großartige Idee«, freut sich der ohne Kinn, »Sie können sich gar nicht vorstellen, was für liebe Hausgenossen das sind!«

Er steht nun zu meiner Rechten und hat ebenfalls unter seinem Sakko eine Pistole im Anschlag.

»Wir sind glücklich, Ihren Wunsch erfüllen zu können«, sagt der ohne Kinn, »Sie können sich sogar selbst einen aussuchen, wir haben gerade mehrere auf Lager.«

»Das tue ich ganz sicher«, sage ich.

Der Fette produziert so etwas wie ein Grinsen.

»Sie müssen wissen, daß wir jedes Interesse haben, unsere Kunden zufriedenzustellen. Wir fahren Sie in unser Lager und werden Sie bei Ihrer Wahl beraten.«

»Wir möchten nicht«, fügt der ohne Kinn hinzu, »daß die WITI in den Ruf kommt, keine erstklassige Ware zu liefern.«

»Verstehe«, sage ich.

Ich spüre den Revolverlauf, der mich zur Tür dirigiert, und setze mich in Bewegung. Der ohne Kinn geht neben mir, der Fette bildet die Nachhut.

»Wir haben auch Königstiger auf Lager«, sagt er, ganz seriöser Geschäftsmann.

»Augenblicklich brauche ich keinen«, antworte ich, »vielleicht später.«

Wir gehen in den Korridor hinaus. Ich höre, wie der Fette das Büro abschließt und sich dann wieder an meine Seite klebt. Im Lift sind wir allein, aber die Halle ist voller Menschen. Ich bin sicher, daß die beiden Kanonen, auch wenn sie gleichzeitig losgingen, nicht mehr Krach machen würden als eine Krankenschwester, die auf Zehenspitzen das Zimmer eines Sterbenden verläßt.

Eiskalt muß ich bleiben, auch weil mir dieser Ausflug sehr gelegen kommt. Ich muß einen oder auch mehrere Blicke in das famose Lager werfen, wer weiß, ob sich meinem geübten Auge nicht etwas Interessantes offenbart.

Sie drängen mich zu einem großen schwarzen Wagen.

Ben und sein Taxi sind noch nicht zu sehen, und Greg ist auf dem Weg ins Büro.

Trotzdem kein Grund, sich Sorgen zu machen. Im richtigen Moment werde ich schon einen Weg finden, mir die beiden Gangster vom Hals zu schaffen.

Der ohne Kinn öffnet den Schlag. Ich steige ein, und er setzt sich neben mich.

Der Fette quetscht sich hinter das Steuer, und wir fahren los.

»Also«, beginne ich, »ihr habt ihn aus dem Fenster geworfen.«

Der ohne Kinn setzt sich bequem hin, die Kanone immer in der richtigen Richtung, meint er wenigstens.

»Laß mich überlegen«, sagt er. »Ich würde ihm zu Napoleon raten, was meinst du?«

»Hm«, macht der Fette, »der ist aber schon zwei Jahre alt. Ich würde Adalgisa vorschlagen, sie ist erst eineinhalb und kann Junge kriegen, da kann er dann seine Spesen wieder hereinbekommen, meinst du nicht?«

»Da hast du recht«, sagt der ohne Kinn. »Was halten Sie von diesem Vorschlag?«

»Ja, warum nicht«, antworte ich, um ihnen zu zeigen, daß ich das Spiel mitspiele.

»Die Löwin ist ihm lieber«, sagt der ohne Kinn, »weißt du was, statt um eineinhalb Millionen lassen wir sie ihm um eine. Man muß den Kunden entgegenkommen, wo man kann.«

»Sagen wir also achthunderttausend«, sagt der Fette.

»Dann gehen wir gleich auf eine halbe Million herunter.«

»Aber nein, Sportsfreunde, ihr ruiniert euch ja!« rufe ich aus.

»Wie wollt ihr in Zukunft eure Anzüge, die Brillanten und Perlen bezahlen?«

»Hast du gehört, Lotus? Er will wissen, mit was wir unsere Brillanten zahlen!«

Alle zwei lachen sich halbtot, dann wischt sich der ohne Kinn die Lachtränen aus den Augen.

»Das war ein so großartiger Witz«, sagt er, »daß ich ihm Adalgisa am liebsten schenken würde!«

»Gute Idee«, lobt ihn der Fette, »das ist für uns die beste Reklame. Die meisten Leute wissen ja gar nicht, was für liebe Tierchen das sind. Schau dich doch einmal um, ob du je auf der Straße einem Panther begegnest.«

»Noch nie einen gesehen«, sagt der ohne Kinn.

»Donnerwetter, Cool!« schreit auf einmal der Fette, »wann sind die Viecher zuletzt gefüttert worden?«

»Warte mal, da muß ich nachdenken«, sagt der ohne Kinn, »ich glaube, vor drei Tagen.«

»Seit drei Tagen haben sie keinen Happen zwischen die Zähne gekriegt«, sagt der Fette, »verflucht und zugenäht, die werden ganz schön wild sein.«

»Hungern ist gut für die Linie«, sagt der ohne Kinn. »Diese Viecher werden gern zu fett, dann schauen sie nach nichts mehr aus, und keiner kauft sie. Es ist schon schwer genug, sie loszuwerden. Was meinen Sie?«

»Ich bin ganz Ihrer Meinung«, sage ich, »einmal wöchentlich füttern, halte ich für mehr als genug.«

»Nun übertreiben Sie nicht«, tadelt mich der Fette.

»Drei Fasttage die Woche sind meiner Ansicht nach schon zu viel. Ich wette, daß ein Königstiger nach drei fleischlosen Tagen ohne weiteres in fünf Minuten einen 80-Kilo-Mann Ihrer Statur verdrücken könnte. Und es wäre ihm auch egal, ob es ein Schnüffler ist oder sonstwer.«

»Ha, ha, ha!« lacht der Fette los, »das haben diese Tierchen so an sich, heikel sind sie nicht!«

»Hätten Sie mir das vorher gesagt«, meine ich, »hätte ich meine Taschen mit Ketchup und Pommes-frites gefüllt!«

Wieder brüllen die beiden vor Vergnügen, aber der ohne Kinn verlagert seine Kanone nicht um einen Millimeter, auch wenn er sich den Bauch hält vor Lachen.

»O heiliger Eusebius!« ruft der Fette aus, »einen Oberschlaumeier wie den gibt's nicht ein zweites Mal! Richtig ausgekocht ist er, wir reißen Witze und er macht mit!«

An der Peripherie angelangt, biegen wir in eine Straße ein, zu beiden Seiten nur unbebautes Land, ein paar baufällige Hütten, eine kleine Fabrik, eine Kiesgrube, ein verlassenes Haus. Wir fahren bis zu einer solid aussehenden Mauer, hier hält der Fette dann dicht vor einem verrosteten Eisentor. Er steigt aus und öffnet es. Wir kommen in einen großen Hof, in dessen Mitte sich ein sehr stabiles, niedriges Gebäude befindet.

»Wir können die Tiere nicht in der Stadt halten«, erklärt der ohne Kinn, »deshalb haben wir diesen Komplex gemietet.«

Wir steigen aus, der Fette sperrt ein Vorhängeschloß auf und zieht an einer Kette. In diesem Augenblick entfesseln sich im Inneren alle Stimmen des afrikanischen Urwaldes.

»Keine Angst«, sagt der Fette, »die Tiere sind einzeln in Käfigen untergebracht. Wir können ungeniert eintreten.«

Der Raum ist im Halbdunkel. Teufel, Teufel, Leute, was für ein Gestank! Schwer und undurchdringlich wie der Nebel in einer Herbstnacht.

Da und dort sehe ich die armen, in ihre Käfige eingeschlossenen Tiere, die wie verrückt hin und her tigern, brüllen und mit den Pranken die Gitterstäbe bearbeiten.

»Sind sie nicht bezaubernd?« ruft der Fette und nähert sich dem Käfig einer prächtigen Löwin, die ihren Rachen aufreißt und ein Gebrüll ausstößt, daß ein Kristallüster von der Decke fiele, hinge einer oben.

Irgendwo in der Nähe hört man ein grausiges Gelächter, das auch einem Kopfjäger Angst gemacht hätte.

»Das ist die Hyäne«, erläutert der Fette. »Immer lacht sie, man braucht ihr nicht einmal einen Witz zu erzählen.«

Plötzlich steigert der ohne Kinn den Druck der Pistole in meine Seite.

»Lotus«, sagt er, »wir dürfen keine Zeit verlieren. Geh und rufe Danimarco an.«

Der Fette setzt sich in Bewegung, tritt zwei Schritte hinter mich, dann saust etwas Hartes auf mein Genick, und ich verreise ins Land der Träume.

5. Kapitel

Großwildjagd quer durch die Stadt – mein Partner hat Pech mit seinem Schweif – kein Grund zur Besorgnis – auch ein Strafzettel fehlt nicht.

Als ich die Augen aufmache, sehe ich so schwarz, als hielte ich sie noch geschlossen. Ich wiederhole den Vorgang, meine Umgebung bleibt schwarz in schwarz.

So auf den ersten Anhieb kann ich mir meine Situation nicht erklären. Ich habe scheußliches Kopfweh, nicht so ein Katerschädelbrummen, nein, ein hartes Klopfen, als lieferten sich vier Tennischampions ein Supermatch.

Ich versuche, mir das Aussehen der Spieler vorzustellen und wundere mich, wieso sie, wenn sie schon in meinem Kopf spielen, auch noch genagelte Schuhe tragen müssen?!

Ein beißender Raubtiergeruch steigt mir in die Nase. Die Tennisspieler müssen Klasse sein, denn die Zuschauer brechen in frenetisches Gebrüll aus.

Was für ein Irrsinn, auf einem von Raubtieren überquellenden Platz zu spielen!

Bevor sie mit dem zweiten Set beginnen, klären meine grauen Zellen die Situation.

Ich befinde mich im Raubtierdepot. Nach und nach hat mich die Welt wieder.

Einer hat mir mit dem Revolvergriff einen Nackenschlag versetzt, um genau zu sein, der Fette namens Lotus Maddaleno. Ich versuche aufzustehen, was mit Schwierigkeiten verbunden ist, denn ich befinde mich in einer mit Stroh ausgelegten Kiste.

Zwischen den Seitenbrettern sind schmale Spalte. Ich schaue hindurch und sehe im Halbdunkel zwei gelbe Lichter, Raubtieraugen. Eines der Tiere streicht langsam umher und stößt ein lautes Gebrüll aus, ein Panther kämpft mit einem Löwen, eine Masse dunkler Leiber, die sich ineinander verbeißen.

Daß dich der oder jener ... Leute! Sie haben die Käfige geöffnet, und die Tiere bewegen sich frei im Raum.

Ich befinde mich in einer Transportkiste für Raubtiere, sie ist dementsprechend groß, und ich kann mich ganz gut bewegen.

Um ein Entweichen des Tieres zu verhindern, ist sie sehr solid gearbeitet, was mich, wenigstens für den Augenblick, beruhigt.

Aber nicht für lange!

Ein paar Viecher stürzen sich brüllend auf die rechte Kistenwand, die dadurch ein paar Zentimeter weiterrutscht, von der anderen Seite wird sie von Prankenhieben bearbeitet, daß die Fetzen fliegen!

Irgendeines dieser dummen Tiere, das ich nicht sehen kann, knabbert an der Kistenecke zu meinen Füßen herum.

»Hoffentlich brichst du dir ein paar Zähne aus, blödes Vieh!« schreie ich.

Die Tiere machen einen Moment Pause mit dem Herumgefummel an der Kiste.

Ich hebe eine Arm und versuche vorsichtig, die obere Kistenwand, wahrscheinlich den Deckel, zu heben. Es wäre gar nicht schwer, denn er ist nur mit ein paar Nägeln befestigt. Einen halben Zentimeter lupfe ich ihn in die Höhe, lasse ihn aber sofort wieder fallen. Panther, Löwen und Königstiger haben sich gemeinsam auf die Kiste gestürzt und versuchen, ihre Krallen in die Spalten zu zwängen.

Das also haben sich die zwei ausgedacht, um mich aus dem Verkehr zu ziehen!

Ich brauche nur den Deckel aufzuheben und dann ... ade, du schöne Welt!

Ich bin bestens bedient und brauche nicht einmal einen Meisterkoch, der mich schmackhaft zubereitet.

Die Hyäne lacht wie eine Irre, und ich hätte große Lust, sie an ihrem langen Hals zu packen und gegen die Wand zu pfeffern, aber ... nur nicht die Nerven verlieren. Kinder, diese lieben Tierchen haben nicht die leiseste Absicht, sich einen saftigen Brocken wie mich entgehen zu lassen, und versuchen auf jede nur erdenkliche Weise, mich zwischen die Zähne zu kriegen!

Dieses Problem, meine Lieben, muß in Windeseile gelöst werden!

Ich muß in der Kiste bis zur Tür kommen.

Ein schwieriges Unterfangen, das ich augenblicklich gelöst habe, aber leider nur theoretisch.

Wenn ich die Kiste umdrehen, d. h. ihren Deckel unter meine

Füße kriegen könnte, wäre ein leichter Optimismus im Hinblick auf meine Zukunft doch nicht ganz abwegig.

Die Biester schieben, kratzen und knabbern eifrig weiter und machen dabei einen Höllenlärm.

Ich klammere mich an zwei Leisten im Innern der Kiste, eine rechts, eine links, und schiebe mit aller Kraft einmal hin, einmal her, so daß die Kiste ins Schaukeln kommt.

Leicht ist es nicht, dieses Monstrum in Bewegung zu setzen, aber ich hoffe auf die Hilfe der Tiere.

Das Risiko ist deshalb groß, weil die Kiste auf eine Seite fallen kann, ich dadurch mit meinem ganzen Gewicht gegen den Dekkel stoße und herausfalle.

Besser nicht dran denken und auf meinen guten Stern vertrauen. Ich nehme meine ganzen Kräfte zusammen und mache mit den oben beschriebenen Schaukelbewegungen weiter.

Es gelingt, sie bewegt sich zwar kaum, aber ich merke, daß einige Tiere auf der richtigen Seite aufspringen. Die Kiste balanciert einen kurzen Augenblick auf einer Seite, die ganze Meute stürzt sich mit Riesengebrüll darauf, sie fällt um und schwankt noch eine Weile hin und her wie auf wildbewegter See. Ich halte mich fest. Ein Ameisenkribbeln läuft mir über den Rücken.

Zwischen dem herumfliegenden Stroh sehe ich den Kistendekkel zu meiner Rechten, und es scheint, daß er aufgeht.

Teufel, Teufel! Die Kiste steht immer noch nicht fest am Boden, sie wankt hin und her, als sei sie auf eine weiche Unterlage gefallen.

Ist sie auch. Eines der Tiere ist daruntergeraten, es brüllt und windet sich, so daß die anderen sich mit neuer Wut auf die Kiste stürzen.

Endlich fällt sie auf die richtige Seite.

Der Deckel ist unten, Freunde.

Ich knie mich hin, schüttle das Stroh ab, schaue durch die Ritzen und orientiere mich.

Ich kann die Tür sehen.

Gebückt komme ich auf die Füße. Ich drücke mit dem Rücken gegen die obere Kistenwand, hebe sie hoch, der Deckel bleibt unter meinen Füßen. Die Nägel haben sich gelöst.

Ich mache einen Schritt vorwärts.

Eins der Tiere versucht, seine Schnauze zwischen Kistenrand und Boden zu schieben, aber ein Tritt auf die Nase scheucht es zurück.

Eine Pranke schiebt sich herein, ein Tritt mit dem Absatz nagelt sie am Boden fest.

Ich lasse die Kiste wieder auf den Boden herunter und schiebe sie kriechend weiter.

Ich schwitze wie in der Sauna. Es ist kein Sommernachtstraum, dieses schwere Trumm fortzubewegen, mit all den lieben Tierchen rundum!

Gute zehn Minuten brauche ich bis zur Tür.

Nicht einmal eine Verschnaufpause kann ich einlegen, denn da draußen schleichen sie herum, und ich fürchte, daß sie doch irgendwo ein Loch finden und über mich herfallen.

Ich schaue mir die Tür näher an. Sie ist alt und morsch, es dürfte nicht allzu schwer sein, sie einzurennen.

Ich nehme meine ganze Kraft zusammen, hebe die Kiste einen halben Zentimeter und stürze mich nach vorn.

Die Tür gibt ächzend nach, geht aber nicht auf.

Ich schiebe mich ein paar Schritte zurück und versuche es ein zweites Mal.

Jetzt löst sich die Tür in ihre Bestandteile auf und ein Splitterregen prasselt auf meine Kiste.

Großes Gebrüll von allen Seiten, die Tiere drängen miteinander der Öffnung zu und rennen in den Hof. Die Tiger überspringen als erste die Mauer, dann die Panther. Auch die Löwen überlegen nicht lange und folgen nach. Nur die Hyäne kann ich nicht sehen.

Sie ist drinnen geblieben und lacht sich tot.

Vielleicht haben sie ihren Käfig nicht aufgesperrt.

Ich steige aus der Kiste, atme tief durch und schüttle die Strohhalme ab.

Obwohl ich sicher war, daß ich es schaffen würde, hat es schon allerhand gekostet, Leute!

Die Absicht, meine Krawatte zurechtzurücken, muß ich auf später verschieben, denn aus einem Kabüffchen hinter dem Raubtierhaus stürzt der Löwenschreck. Ich erkenne ihn sofort an seinem Aufzug, Leopardenfell über der nackten Brust und

Messingarmbänder an den Handgelenken. In einer Hand hat er eine lange Gabel und in der anderen eine Peitsche, mit der er fortwährend knallt. Er rennt über den Hof auf das Eisentor zu, das zur Straße führt.

»Aaauuhh!« brüllt er, was in der Übersetzung wahrscheinlich heißen soll: Bitte warten!

Er dreht gerade den Schlüssel im Schloß um, als ich ihn von hinten zu packen kriege und zu mir herumdrehe. Ich lade meinen rechten Arm auf, gebe Feuer und lasse eine Gerade direkt auf seiner Kinnspitze landen, daß er gegen die Mauer fliegt.

Mit einem Tritt entkleide ich ihn seines linken Backenbartes und schmeiße ihn in die Kiste, die bis vor kurzem mein mehr als bescheidenes Heim war. Den Deckel nagle ich so fest, daß keine Aussicht besteht, ihn von innen aufzukriegen.

O.k., Freunde. Jetzt kann ich endlich meine Krawatte richten.

Dann gehe ich zu dem eisernen Tor, schließe es auf und bin auf der Straße. Ich habe nicht die Zeit, mich am Panorama unserer Stadt zu ergötzen, denn plötzlich sehe ich einen der Löwen. Er stürzt sich auf ein Auto, das beim Ausweichmanöver gegen die Mauer prallt. Der Löwe macht sich an der Tür zu schaffen, aber da er nicht weiß, wie man eine Autotür öffnet, läßt er davon ab und trottet davon.

Eindeutig stehen die Biester heute unter einem schlechten Stern.

Ich bewege mich vorsichtig an der Mauer entlang und beobachte die Gegend. Es wäre mir ausgesprochen zuwider, wenn es einem der Tierchen einfallen sollte, zurückzukommen. Drum: Vorsicht ist nicht nur die Mutter der Porzellankiste! Am Ende der Straße rennen Menschen, ich höre weibliche und sogar männliche Schreie, Gitter werden rasselnd heruntergelassen und Haustüren fallen krachend ins Schloß.

Anscheinend haben sich die Tiere auf verschiedene Straßen verteilt. Jedes geht für sich los, um seinen Hunger, mit was es auch sei, zu stillen.

Ein stadteinwärts fahrender Fernlaster nähert sich.

Ich warte, bis er auf ein paar Meter herangekommen ist und gebe ein Stopzeichen. Er hat noch gar nicht richtig gebremst, da bin ich schon aufgesprungen und mache die Kabinentür auf.

Ich setze mich neben den Fahrer.

»Kurble ganz schnell die Fenster hoch«, sage ich.

»Warum«, fragt er, »regnet's?«

»Nein, aber eine halbe Menagerie ist los, sechs Löwen und ein halbes Dutzend Tiger und Panther. Und alle nach einer dreitägigen Fastenkur.«

»Aber ...«, stottert er nur und zieht die Fenster hoch.

»Fahr weiter, dann wirst du's schon sehen ...«, sage ich.

Er tritt aufs Gas. Als wir in die Vorstädte kommen, sind die Straßen wie leergefegt, und von irgendwoher hört man Geschrei.

Ein Panther kommt aus einem Gemüseladen und wirft Körbe mit Äpfeln, Karotten, Zwiebeln und allem möglichen Grünzeug um. Mit einem Satz überspringt er die Straße, streift dabei die Haube unseres Wagens und peilt einen Geflügelladen an, dessen Gitter eben herunterrasselt, was ihm einen Nasenstüber einbringt.

»Hast du gesehen?« frage ich, »der hat sich in der Branche geirrt. Klar, daß er kein Vegetarier ist.«

»Scheibenkleister ...«, flucht der Fahrer und wird ein wenig bleich um die Nase.

»Keine Angst«, beruhige ich ihn, »hier drinnen bist du sicher.«

Wir haben nun die Vorstadt passiert und nähern uns dem Zentrum. Auch hier das gleiche Schauspiel: schreiende und rennende Leute. »Tiger! Löwen! Rette sich, wer kann!«

Die wenigen Menschen, die noch auf der Straße sind, stürzen ins nächstbeste Haustor, in einen Kiosk oder einen Laden.

Weiter vorne hören wir die ersten Polizeisirenen, Feuerwehrgebimmel und das Horn der Ambulanzwagen.

Mein Nachbar hält an einer Kreuzung.

»Alle Ampeln sind rot«, sagt er.

»Ich fürchte nur, daß sich die Tiere wenig darum kümmern werden«, meine ich.

»Aber ich«, sagt er.

»Wir können doch nicht hier stehenbleiben, bis der ganze Zirkus vorbei ist. Fahr ruhig bei Rot durch.«

Er legt den Gang ein und fährt weiter.

Ein Polizist kommt aus einem Haustor gerannt, winkt mit dem Strafzettelblock und pfeift.

Mein Fahrer hält wieder an.

Der Polizist hätte nur noch zwanzig Schritte bis zu uns, als ein Löwe um die Ecke biegt, den Polizisten sieht und gemessenen Schrittes auf ihn zukommt.

Der Fahrer kurbelt das Fenster herunter und schreit: »Lauf doch, du Armleuchter!«

»Einen Dreck werde ich tun«, schreit der Polizist zurück, »deinen Strafzettel kriegst du!«.

Der Löwe brüllt und beschleunigt sein Tempo. Als der Plattfüßler sich endlich umdreht, setzt er zum Sprung an. Er muß bereits den Atem des Tieres an seinen Ohren spüren, als ich blitzschnell die Tür aufmache und ihn hereinziehe. Es gelingt mir gerade noch, die Tür zuzuschlagen.

Ein Büschel der prächtigen Löwenmähne bleibt zwischen Tür und Angel eingeklemmt. Der Löwe versucht natürlich, sich loszureißen, und ich höre, wie er mit seinen Krallen die Tür bearbeitet.

»Seine schöne Mähne ist im Eimer«, sage ich.

Der Fahrer braust los wie ein Wilder, der Löwe versucht sich mit Prankenhieben zu befreien. Ich schaue nach dem Polizisten. Er sitzt am Boden und zittert, als säße er auf einem mit Hochdruck arbeitenden Preßlufthammer. Er ist bleich wie ein Gespenst.

»Nur Mut, Freundchen«, sage ich, »du bist in Sicherheit!«

Er nickt, nimmt dann seinen Block und sucht einen Bleistift.

»Sie haben die Kreuzung bei Rot überfahren«, stottert er.

»Red keine Arien«, sagt der Fahrer, »sonst fliegst du raus.«

Der Plattfüßler wischt sich den Schweiß vom Kragenrand und steckt den Bleistift ein.

Ich brauche dringend Treibstoff und sage zum Fahrer: »Ein Bourbon wäre jetzt eine Wucht.«

Der Fahrer zeigt mit dem Kopf nach hinten.

»Unter der Matratze«, sagt er.

Die Flasche ist fast voll, ich schraube den Verschluß ab und trinke. Als mein Mindestpegelstand erreicht ist, gebe ich sie an den Besitzer weiter, der sich ebenfalls einen guten Schluck einverleibt. Dann trinkt auch der Polizist und kriegt wieder seine Normalfarbe zurück.

Der Löwe bumst immer noch gegen die Karosserie und brüllt wie irrsinnig. Ich nehme die Flasche und lasse das Fenster herunter. Sie ist noch halbvoll, und ich leere den Inhalt bis zum letzten Tropfen in den aufgerissenen Rachen unseres Mitfahrers.

Nach weiteren zweihundert Metern sage ich dem Fahrer, daß ich bis drei zähle und er dann das Bremspedal mit aller Wucht heruntertreten soll.

»Eins ... zwei ... drei«, kommandiere ich. Bei drei öffne ich die Türe, der Laster ist durch die plötzliche Bremswirkung blokkiert und steht mit einem heftigen Ruck.

Der Löwe rollt ungefähr fünf Meter weiter.

»Das hätten wir«, sage ich und schließe die Tür wieder. Ich sehe, wie der Löwe aufsteht und torkelnd weiterstolpert. Er verwechselt die Beine, fällt hin, steht wieder auf und beutelt den Kopf von einer Seite zur anderen.

»Was für ein Besäufnis!« rufe ich aus. »Man merkt, daß er nicht gewohnt ist, auf nüchternen Magen eine halbe Flasche Whisky zu verdrücken.«

Die Raubtiere sind weiter vorgedrungen. Scheinbar haben sie noch nichts gefunden, um ihre leeren Mägen zu füllen.

Auch wo keine Tiere zu sehen sind, herrscht die Angst, daß jeden Augenblick eines von ihnen auftauchen könnte.

Der Fahrer schaltet das Radio ein.

Nach einer halben Minute endet die Musik, und der Ansager warnt die Bevölkerung vor der Gefahr. Er gibt bekannt, daß eine größere Anzahl halbverhungerter Raubtiere sich in den Straßen der Stadt herumtreibt. Bis zu diesem Augenblick konnte nur ein einziges Tier von der Feuerwehr eingefangen werden. Weiter sagt er, daß untersucht wird, wie viele Raubtiere es sind. Man bittet, Ruhe zu bewahren.

Schließen Sie Türen und Fenster, und gehen Sie nicht auf die Straße. Nur die Metzgereien mögen offen halten, damit die Tiere sich sättigen können, ohne sich an der Bevölkerung zu vergreifen. Mit vollem Magen können sie leichter eingefangen werden.

Ende der Durchsage.

»Und was tun wir jetzt?« fragt der Fahrer.

»Bring mich in die Zentrale«, sagt der Polizist, und ich erkläre den Weg.

»Ich steige hier aus«, sage ich dann, »salve, Genossen!«

Ich öffne die Kabinentür und springe hinunter. Meine Wohnung ist ganz in der Nähe, und fünf Minuten später strecke ich mich auf meinem Bett aus und rauche eine Zigarette. Nun bin ich sicher, daß die Superwitwe recht hat.

Ihr Mann hat etwas entdeckt, was er nicht hätte entdecken sollen, und so haben ihn seine Partner kurzerhand aus dem Fenster geworfen. Dann haben sie die traurigen Reste meines Wagens durchsucht und auch gefunden, was sie suchten. Etwas, was das arme Schwein in der Tasche oder in der Hand hatte.

Später sind sie der Superwitwe gefolgt und haben kalte Füße bekommen, als sie zu mir gekommen ist.

Ich schalte das Radio ein und denke mit musikalischer Untermalung weiter.

Durch meinen Besuch habe ich den beiden Kompagnons ihr Vorhaben erleichtert. Sie haben mich in das Raubtierlager geschleppt, um mich den Bestien zum Fraß vorzuwerfen. Damit wäre ich ein für allemal aus dem Verkehr gezogen gewesen. Nachdem sie mir eins über den Schädel gezogen haben, legten sie mich in die Raubtierkiste und riefen Danimarco an, den einzigen, der die Käfige ohne Gefahr öffnen konnte.

Kann auch sein, sie haben ihm gar nicht gesagt, daß da einer in der Kiste sitzt. Auf keinen Fall jedoch konnte er voraussehen, daß die Tiere entfliehen würden.

Die Musik bricht ab. Der Ansager gibt bekannt, daß bis jetzt vier Tiere eingefangen werden konnten, drei Löwen und ein Tiger. Die Gefahr ist aber noch nicht behoben, die Jagd geht weiter. Die Tiere sind aus dem Raubtierlager in der Via Rapinati entkommen, eine genaue Zahl ist nicht bekannt. Spezialisten wurden mit der Untersuchung des Falles betraut. Musik.

Ich muß nun herausbringen, was hinter der ganzen Geschichte steckt. Was haben sie in meinem Wagen gesucht? Was hat Signor Luis endeckt?

Als ich im 24. Stock gelauscht habe, sagten sie, daß die Idiotin nichts verraten würde. Mit der Idiotin kann nur das Bierschaummädchen gemeint sein. Dann wollte oder sollte Luky sich die

Witwe vornehmen. Wer ist Luky und was hat er mit der Witwe vor?

Ich springe auf und stelle das Radio ab.

Teufel, Teufel!

Die Witwe weiß von nichts, drum hat sie sich an mich gewandt und ist dadurch mitten in die Gefahrenzone geraten.

Ich wähle meine Büronummer.

Greg hebt den Hörer ab und legt ihn auf den Schreibtisch. Dann meldet er sich mit den vereinbarten Kodebellauten.

»Greg«, sage ich, »es muß sofort etwas geschehen. Ich gehe jetzt weg und du kommst mir entgegen. Paß gut auf, es sind halbverhungerte Raubtiere um die Wege, die dich in Null Komma nichts fertig machen können.«

Er gibt Töne von sich, die beinahe wie spöttisches Gelächter klingen und legt den Hörer auf die Gabel.

Ich tue desgleichen und fülle meine Taschen mit Schießeisen, untersuche sie aber erst, ob sie geladen sind, und mache mich dann auf den Weg.

Die Straßen sind immer noch leer. Manch einer schaut vorsichtig durch eine Türspalte, zieht sich aber sofort wieder bibbernd vor Angst zurück.

Zirka zehn Minuten marschiere ich zügig voran, als ich Greg um die Ecke biegen und mir entgegenkommen sehe.

Ich winke ihm zu, er wedelt mit dem Schweif, aber dann sehe ich, wie er erstarrt und wie aus der Pistole geschossen auf mich zu und an mir vorbeirennt.

Ich drehe mich um.

Hinter mir taucht in voller Größe ein Panther auf, leckt sich schon den Bart und bindet seine Serviette um, als er Greg auf sich zurasen sieht.

Teufel, Teufel!

Ich mache einen Satz zur Seite und ziehe zwei Revolver.

»Greg«, schreie ich, »geh zur Seite!«

Die zwei Tiere stehen sich zähnefletschend gegenüber, aber als Greg meine Stimme hört, springt er beiseite, um mir freies Schußfeld zu geben.

Und was tut der Panther? Er beißt Gregs wunderbare Rute, die sein ganzer Stolz ist, ab.

Ich bin außerstande, die Reaktionen meines Partners zu schildern. Als er sein bestes Stück mitten auf dem Pflaster liegen sieht, scheinen sich seine Kräfte zu verhundertfachen. Wie ein Pfeil stürzt er auf seinen Todfeind und vergräbt die Zähne in dessen Kehle.

»Beiß zu, Bruder, beiß zu!« Und wie er zubeißt, Leute! Der Panther versucht ihn abzuschütteln, aber seine Kräfte lassen nach, weil Gregs Zähne sich immer fester eingraben.

Die Bestie fällt zu Boden, versucht noch ein paarmal aufzuspringen, dann bleibt sie endlich unbeweglich liegen.

Greg läßt nun seinen Feind los, drückt sich in eine Hausecke und betrachtet von dort seinen Schweif, der auf dem Pflaster liegt. Ich glaube, er hat Tränen in den Augen.

Ich entleere zwei Magazine auf den Kadaver und nehme dann den Schweif vom Boden auf.

Ich streichle Greg den Kopf. »Danke, mein Freund«, sage ich, »du hast mir das Leben gerettet. Gehen wir.«

Ich nehme ihn am Halsband und ziehe leise. Er steht auf und streicht an der Mauer entlang. Ich höre ihn weinen. Ab und zu dreht er sich um und betrachtet seinen Schwanzstummel.

Er weint nicht aus Schmerz, Freunde! Sein Schweif war sein ganzer Stolz. Er dachte an Fernanda. Wie wird sie sein Unglück aufnehmen? Vielleicht mag sie ihn nicht mehr.

»Mach dir keine Sorgen«, tröste ich ihn. »Du wirst sehen, das bringen wir schon wieder in Ordnung.«

Wir beschleunigen unser Tempo, und zehn Minuten später schließe ich die Bürotür auf.

6. Kapitel

Kleines sit-in im Büro meines Leutnants – irgendwer möchte mich liebend gern fertigmachen – wir werden sehen, ob es ihm gelingt.

Im Vorbeigehen knipse ich das Radio an, hole dann aus dem Waschraum den Erste-Hilfe-Kasten, stelle ihn auf den Schreibtisch und lege Greg in den Besuchersessel.

Ich desinfiziere seinen auf höchstens zehn Zentimeter reduzierten Schwanzstummel.

Dann nehme ich den Schweif und passe ihn genauestens an den Stummel an.

Ich desinfiziere die Wunde noch einmal und lege einen leichten Verband an, nehme vier Bleistifte aus der Schublade und schiene mit ihnen den ganzen Schweif, umwickle ihn mit einer festen Binde und befestige sie mit Isolierband. Während dieser schwierigen Operation leckt mir Greg die Hände.

»Du bist wieder o.k.«, sage ich, »nur mußt du den Schweif ein paar Tage lang ganz ruhig halten, du wirst sehen, er wächst tadellos an. Wenn ich den Verband abnehme, ist er schöner als zuvor. Nur schwänzeln darfst du vorläufig nicht.«

Ich nehme ihn in den Arm und setze ihn auf den Boden. Langsam trottet er auf seinen Stammplatz unter dem Schreibtisch.

Der Teufel soll's holen! Es ist schon recht blöd, daß Greg ausgerechnet jetzt außer Gefecht gesetzt ist, aber was soll ich machen? Mit verbundenem Schweif kann er sich unmöglich sehen lassen. Ich muß also schauen, daß ich die verschiedenen Probleme so gut wie möglich allein löse.

Das Radio gibt bekannt, daß ein Löwe und ein Panther eingefangen wurden. Die Polizei hat im Depot der Via Rapinati einen ohnmächtigen Tierbändiger in einer Kiste gefunden. Sie schafften ihn in die Unfallstation der Polizei, aber er ist noch nicht vernehmungsfähig. Man schließt aus, daß er von den Tieren in die Kiste gesperrt wurde. Außerdem bittet man die Herren Cool Mastice und Lotus Maddaleno dringend, sich bei der Polizei zu melden.

Kaum hat die Musik eingesetzt, wird sie wieder vom Ansager unterbrochen, der mit vor Erregung erstickter Stimme weiterspricht:

Achtung, Achtung! Der Dompteur hat für einen Augenblick das Bewußtsein wiedererlangt und erklärt, daß sich im Depot 3 Königstiger, 2 Panther, 6 Löwen und eine Hyäne befanden. In Freiheit befinden sich also noch: 2 Königstiger, ein Panther und 2 Löwen. Als einzige ist die Hyäne in ihrem Käfig zurückgeblieben. Alarmstufe I! Schließen Sie Fenster und Türen, halten Sie Schußwaffen bereit!

Ich drehe ab und schaue nach Greg.

»Rühr dich nicht, wenn du deinen Schweif retten willst.«

Er knurrt und legt dann den Kopf auf die Vorderpfoten.

Die Hand in der Tasche und den Finger am Abzug gehe ich hinunter und steige in den erstbesten Wagen, der am Straßenrand geparkt ist. Ich lege den Gang ein, kurble die Fenster hoch und fahre los.

Sie haben gesagt, daß sie sich die Witwe vornehmen wollten, bleibt nur zu hoffen, daß ich nicht zu spät komme.

Ich durchfahre die Via Ragadi. Die Straßen sind verödet, die Geschäfte geschlossen.

Von fern Sirenengeheul und Schüsse.

Ich komme bis zur Cambiale Allee, halte und springe heraus.

Dann öffne ich das Gittertor in der Hecke.

Teufel, Teufel, Leute!

Streifenwagen stauen sich auf Wegen und dem Rasen. Polizisten in Uniform und Zivil treten sich gegenseitig auf die Füße...

Die Sonne ist inzwischen untergegangen, es ist fast dunkel, in der Villa brennen alle Lampen.

Ich verziehe mich schnell hinter einen Baum, ehe ein Bulle mich entdeckt.

Vorsichtig pirsche ich mich von einem Streifenwagen zum anderen und erreiche so die Glastür des Salons.

Ich spähe hinein.

Sein Aussehen hat sich seit heute morgen gewaltig verändert. Der erste Eindruck: ein Leichenwagen muß gegen eine der

Wände geprallt sein. Ich sehe hinter einem Tischchen einen Haufen schwarzer und silberner Trümmer, Stoffreste, Federn und Schleifen, Fransen und Ketten, in deren Mitte ich eine menschliche Gestalt zu unterscheiden glaube. Rundherum eine Menge redender, fotografierender und schreibender Menschen. Ich bin zu spät gekommen, Kinder. Die Superwitwe leidet nicht mehr unter ihrem Verdacht, irgendeiner hat ihn ihr mit einer Revolverkugel aus dem Kopf geblasen ... Luky ...

Ich muß nur noch erfahren, wer dieser Luky ist, und ich weiß auch schon, wen ich danach frage, aber nicht unbedingt jetzt.

Ich fühle eine Bewegung hinter meinem Rücken und sehe die elegante Silhouette von Sergeant Kautschuk, der wie ein wildgewordener Bison auf mich zuschießt.

»Da ist er, Leutnant!« brüllt er.

Ich werfe mich auf die Knie und mache den Rücken krumm. Er kann nicht mehr bremsen, und als er über mir ist, springe ich auf und befördere ihn mit einem gekonnten Nierenschlag mitten in das schwarz-silberne Zeug, das im Salon aufgehäuft ist.

Leider habe ich keine Zeit, dieses Schauspiel gebührend zu genießen. Ich muß mich ein zweites Mal bücken, weil jetzt ein Uniformierter auf mich zusaust. Er macht einen Salto über meinen Rücken, rammt mit dem Schädel direkt den Sergeanten und nimmt im Vorbeiflug noch ein paar Fotografen und Detektive mit.

Ich stehe auf und betrachte dieses Spektakulum in aller Ruhe.

Einer der Detektive versetzt einem Fotografen einen Uppercut, während Kautschuk sich mit Bienenfleiß aus den Trauerfahnen zu befreien sucht, aber von den Leuten der Spurensicherung wieder zu Boden gestoßen wird.

Alles fliegt durcheinander: Schläge, Schleifen, Kordeln, Arme und Beine. In diesem Tohuwabohu ist es unmöglich festzustellen, wer wen in der Mangel hat.

Auf einmal sehe ich Kautschuk, der die Witwe am Kragen packt, sie in die Höhe wuchtet und ihr einen Kinnhaken verpaßt.

Ein Fotograf kommt der Armen zu Hilfe und haut dem Sergeanten seine Kamera auf den Schädel.

Die Schiebetür öffnet sich, und in ihr erscheint Leutnant Tram, der sich die makabre Szene betrachtet.

»Was zum Teufel geht hier vor?« sagt er.

Die Stimme des Leutnants hat die präzise Wirkung einer kalten Dusche. Es wird mäuschenstill, und alle versuchen, ihr ramponiertes Äußeres in Ordnung zu bringen.

»Das frage ich mich auch«, sage ich und schüttle den Kopf. »Kautschuk läßt seine Wut an einem armen Wesen aus, das ihm nie etwas getan hat.«

Der Sergeant kommt auf die Beine und bleibt genau achtzehn Zentimeter vor meinem Krawattenknoten stehen. Der Atem zischt ihm aus Mund und Nase, daß er damit sogar eine Plastikmargerite zum Welken bringen könnte.

»Du hundsgemeiner Killer«, plärrt er los, »diesmal brate ich garantiert zwei Spiegeleier auf deinen Knien, wenn sie dich auf dem elektrischen Stuhl haben.«

Er organisiert eine Gerade, der meine linke Kinnlade zu Brei zermalmen soll, aber der Leutnant packt ihn von hinten am Hosenboden und zieht ihn ein paar Meter zurück, wodurch die Gerade auf ein falsches Geleis kommt und auf dem Bauch von einem der Leute der Spurensicherung endet.

»Jetzt, da du dich hast erwischen lassen«, sagt der Leutnant und wirft mir einen Blick zu, der einen Elefanten zu Asche hätte zusammenfallen lassen, »kannst du sicher sein, daß du uns nicht mehr auskommst. Vorwärts, Boys.«

Ein halbes Dutzend Plattfüßler klebt sich an mein Jackett. Einer der Bullen sammelt das Waffenarsenal aus meinen Taschen in seiner Kappe ein. Der Leutnant geht ins Wohnzimmer zurück.

»Dort hinein«, sagt er, als er an Kautschuk vorbeigeht, »aber haltet die Hände in den Taschen. Ihr zwei habt euch wieder aufgeführt wie ein paar wildgewordene Büffel.«

»O.k., Leutnant«, sagt Kautschuk, steckt die Hände in die Taschen und deutet mit dem Kopf auf mich.

Ich mache es ihm nach, hebe aber ein Bein, und mein rechter Schuh gräbt sich in Kautschuks Achsel.

»Ganz korrekt«, sage ich, »der Leutnant hat was von Händen gesagt, aber nichts von Beinen.«

Ich folge den Spuren des Leutnants und habe als Eskorte die ganze Polizistenmeute hinter mir.

Das Bierschaummädchen steht im Hintergrund des Wohnzimmers und schaut mich mit Augen an, groß wie die Scheinwerfer eines LKW.

Sie trägt jetzt ein blaues Minikleidchen und Schuhe mit mindestens 10 Zentimeter hohen Plateausohlen.

»Salve«, begrüße ich sie, »wie geht's denn so?«

»Kennen Sie ihn?« fragt Tram.

»Er war heute morgen hier«, antwortet sie.

»Was wollte er?« fragt Tram weiter.

»Er wollte Flo sprechen, aber sie war nicht zu Hause«, sagt sie.

»Und warum wollte er Signora Pedalu sprechen?« bohrt Tram.

»Sie sollte ihm die Autoreparatur ersetzen«, antwortet sie, »er hat gesagt, daß er wiederkommen würde.«

»Und er ist wiedergekommen«, mischt Kautschuk sich ein, »und hat den Schürhaken vom Kamin benutzt, um seiner Forderung Nachdruck zu verleihen.«

»Halt doch die Schnauze«, sage ich zu ihm, aber der Leutnant verdirbt mir das Konzept.

»Wenn der da zu türmen versucht«, sagt er den Polizisten, »lasse ich euch mindestens 14 Tage einlochen.«

Einer der Bullen will unter mein Sakko kriechen, ein anderer windet sich um meine Beine.

Mit ein paar Schubsern schüttle ich sie ab.

»Keine Angst«, sage ich, »ich denke gar nicht daran zu türmen. Eingelochte Bullen täten mir ja soo leid!«

Tram lehnt sich an einen Fauteuil, und die Bierschaumdame setzt sich aufs Sofa.

»Machen wir weiter, wo wir stehengeblieben sind«, sagt der Leutnant, und eine Type mit Block und Bleistift setzt sich zurecht.

»Also, wann ist Signora Pedalu heimgekommen?« fragt Tram.

»Ungefähr um halb vier«, sagt die blonde Puppe, »ich habe nicht auf die Uhr gesehen, aber da ich um vier Uhr das Haus verlassen habe, dürfte es wohl stimmen. Sie war den ganzen Vormittag weg.«

»Haben Sie ihr gesagt, daß dieser Mensch nach ihr gefragt hat?«

»Nein, sie ist direkt in ihr Zimmer gegangen. Sie schien sehr niedergeschlagen, und ich glaube, sie war im Leichenschauhaus. Ich hielt es nicht für den richtigen Augenblick, sie zu stören.«

»Dann sind Sie um vier Uhr weggegangen, und sie ist allein zu Hause geblieben.«

Das Bierschaummädchen nickt, und eine Locke fällt ihr in die Stirn.

»Antworten Sie!« fährt Tram sie an.

»Sie haben so eine bezaubernde Stimme«, sage ich, »daß der Leutnant auf das Vergnügen, sie möglichst oft zu hören, nicht verzichten möchte.«

Tram wirft mir einen Blick zu, der meine Barthaare versengt, und das Mädchen schnupft auf.

»Ja«, sagt sie, »sie ist allein zu Hause geblieben. Ich habe den Wagen genommen, bin ins Zentrum gefahren, um ein paar Einkäufe zu machen. Erst war ich noch bei einer Freundin, dann bin ich ›shopping‹ gegangen. Ungefähr um sieben Uhr habe ich erfahren, daß ein paar Raubtiere ausgekommen sind und frei in der Stadt herumlaufen. Ich habe ein Taxi genommen, um sofort heimzufahren, aber plötzlich hat's der Chauffeur mit der Angst gekriegt und ist in eine Bar geflüchtet. So bin ich halt zu Fuß gegangen.«

»Wann sind Sie hier angekommen?«

»Ungefähr um acht Uhr«, fährt das Bierschaummädchen fort. »Ich habe sofort alle Türen und Fenster geschlossen, und im Salon sah ich dann ...«

Sie stockt, aber wir haben begriffen, was sie gesehen hat ...

»Weiter.«

»Ich bin fast ohnmächtig geworden«, berichtet sie, »habe mich aber doch zusammenreißen können, bin ans Telefon und habe die Polizei angerufen.«

»Und da sind wir nun«, ergänzt Leutnant Tram. Dann schaut er auf mich. »Jetzt bist du dran.«

»Also«, beginne ich, »ich war am Vormittag hier, die Witwe war nicht da, und so bin ich wieder abgefahren.«

»Und dann?«

»Jetzt bin ich zurückgekommen und freue mich über den rauschenden Empfang.«

»Hör zu, Pipa«, sagt Tram, »fall ja nicht aus den Wolken, sonst könntest du dir deinen Charakterkopf bös aufschlagen. Ich will wissen, was du in der Zeit zwischen deinen beiden Besuchen gemacht hast.«

»Ich möchte eine Zigarette«, sage ich, »dein Empfangskomitee hat mir die Taschen ausgeräumt.«

Tram wirft mir ein Päckchen samt Streichhölzern zu. Ich zünde mir in aller Ruhe ein Stäbchen an und überlege, wieviel ich ihm sagen soll.

»Von hier aus«, erkläre ich zwischen zwei Zügen, »bin ich ins Büro. Dort wartete die Witwe Pedalu auf mich und erzählte mir, daß nicht ihr Mann sich, sondern seine Kompagnons ihn aus dem Fenster gestürzt haben. Ich habe ihr gut zugeredet, sich diese Idee aus dem Kopf zu schlagen, aber als sie fort war, habe ich erfahren, daß sie beschattet wurde, und bin ins Birillo-Hochhaus, um mich umzusehen.«

Tram hört zu und der andere schreibt alles mit.

Kautschuk hat seine Pranken im Jackenfutter festgekrallt, um ja nicht in Versuchung zu kommen.

»Lotus Maddaleno und Cool Mastice erwarteten mich und haben mir höflichst und mit unwiderstehlicher Überzeugungskraft einen Löwen zum Kauf angeboten. Ich habe sie in das Raubtierlager in der Via Rapinati begleitet, wo sie mir postwendend eins über den Schädel zogen und mich in eine Kiste sperrten. Dann haben sie die Käfige geöffnet und sind weg. Es ist unnötig, dir zu schildern, wie ich mich herausmanövrieren konnte. Leicht war es nicht, das kann ich dir versichern. Leider habe ich die Tür zertrümmern müssen, uns so haben die lieben Tiere die Freiheit gewählt.«

Als Tram hört, daß ich es war, der die Tiere befreit hatte, ist er äußerst überrascht. Auch die anderen reagieren dementsprechend.

»Du bist also das Schwein gewesen, das die Bestien losgelassen hat!« schreit Kautschuk.

»Nun ja, ich habe die Tür ruiniert, aber ein zwingendes Argument, sie zurückzuhalten, ist mir in der Eile nicht eingefallen.«

Tram steht auf. »Laßt ihn nicht aus den Augen!« ruft er im Vorbeigehen.

»Kann ich jetzt gehen?« fragt das Bierschaummädchen.

»Besser nicht, Puppe«, sagt Kautschuk, »da muß ich erst den Leutnant fragen.«

»Gibt es hier nicht ein Tröpfchen Bourbon?« frage ich, »meine Spritzuteilung ist verbraucht, ich habe schon den Reservetank angegriffen.«

Das Bierschaummädchen schaut fragend auf Kautschuk.

»Geben Sie ihm einen, wenn Sie so etwas im Haus haben«, sagt Kautschuk, »sonst erzählt er noch herum, wir hätten bei ihm den dritten Grad angewendet.«

»Du bist ein Engel«, sage ich, »ich schreib' dir's gut, ehe ich dir den Kopf abreiße.«

Die Puppe steht auf, öffnet einen kleinen Schrank, entnimmt ihm ein Glas und eine Flasche und gießt ein.

»Trinkt keiner mit?« frage ich. Keine Antwort. »Besser so, der Nektar wäre vergeudet.«

Ich nehme das Glas und leere es auf einen Zug. Jetzt fühle ich mich wieder fit.

Wir stehen herum und starren uns an wie ein Haufen Arbeitsloser im Vorzimmer des Chefs.

Endlich, nach einer guten Viertelstunde, erscheint Tram, geht durchs Wohnzimmer und betritt den Salon.

Nach fünf Minuten kommt er zurück.

»Hier sind wir fertig, wir fahren in die Zentrale. Sie können hierbleiben«, sagt er zum Bierschaummädchen.

Kautschuk packt mich am Arm, aber ich renne ihm meinen Ellbogen in die Milz, und er läßt los. »Ich kann allein gehen«, sage ich.

Tram eröffnet den Zug, ich schließe mich an, und alle Bullen bleiben mit mir in Tuchfühlung.

Das Radio im Streifenwagen gibt bekannt, daß zwei Löwen in verschiedenen Stadtteilen gefangen wurden, dank dem Mut einiger Bürger und dem Spritzenkommando der Feuerwehr. Zwei Tiger sind noch in Freiheit, und die Gefahr ist groß, weil die Tiere extrem hungrig sind. Die Chefs der WITI haben sich im Präsidium gemeldet und konferieren mit dem Polizeipräsidenten.

Ich sitze im Streifenwagen, einen Polizisten rechts, einen links, einen auf den Knien. Kautschuk fährt, und Tram sitzt vorn neben ihm.

»Ich habe Ameisenkribbeln in den Beinen«, beschwere ich mich.

»Hoffentlich sind es die roten«, sagt Kautschuk, »du weißt schon, die giftigen.«

Vor uns haben wir einen Panzerwagen, und ich sehe von meinem Platz aus die Läufe eines MG herausragen.

Ich setze mich im Büro von Tram nieder. Er thront bereits hinter seinem Schreibtisch. Kautschuk steht am Fenster und drei Polizisten lehnen an der Tür.

»Jetzt«, beginnt Tram, »wissen wir alles. Dein Märchen von vorhin wollen wir vergessen, ich will Tatsachen hören.«

Ich nehme eine Zigarette aus dem Päckchen, das Tram auf den Schreibtisch geworfen hat, und zünde sie an.

»Ich kann nur alles bestätigen, was ich vorher zu Protokoll gegeben habe«, sage ich. »Ich habe die Wahrheit gesagt und nicht die Absicht, die Mordkommission mit pikanten Gruselgeschichten zu unterhalten.«

Ich merke, daß Kautschuk näher kommt.

»Ich hole eine Säge und säge ihm ein Bein ab«, sagt er, »vielleicht wirkt sich das positiv auf sein Hirn aus.«

Tram wirft ihm einen Blick zu. Dann seufzt er tief auf und schaut zur Decke, um zu zeigen, wieviel Geduld er aufbringen muß.

»Ich muß wohl deiner Erinnerung nachhelfen«, sagt er. »Die Geschichte, wie ich sie kenne, ist von der deinigen sehr verschieden.«

»Schieß los«, sage ich.

»Heute früh bist du hergekommen«, beginnt er, »und warst auf der Palme wegen deinem Wagen. Du wirst nicht leugnen, daß du wütend warst.«

»Klar«, sage ich. »Dich möchte ich sehen, wenn sie dir deinen Wagen so zurichten. Deinen Privatwagen natürlich.«

»Richtig«, gibt Tram zu, »das leugne ich gar nicht, und ich gestehe dir auch das Recht zu, wütend zu sein. Aber wenn dich dein Koller packt, bist du grenzenlos in deiner Wut. Ich kenne dich doch. Soll ich dir wiederholen, was du beim Verlassen meines Büros gesagt hast?«

»Ich bitte darum.«

»Irgendeiner muß zahlen«, zitiert Tram, »einer wird den Schaden ersetzen. Entweder die Witwe oder die Teilhaber. Hast du so gesagt oder nicht?«

»Ich habe«, bestätige ich.

»Dann«, fährt Tram fort, »bist du wie ein wütender Stier weg und direkt zur Witwe. Sie war nicht zu Hause, also konntest du deine Schadenersatzforderung nicht anbringen. Du bist wieder weg, aber statt dich zu beruhigen, hast du die WITI aufgesucht, um dort bei den Teilhabern zu kassieren. Dir ist's ja egal, wer zahlt, Hauptsache, du kriegst deine Kohlen. Ist das wahr oder nicht?«

»Absolut«, bestätige ich, »absolut wahr. Mich hat nur interessiert, daß einer meinen Schaden ersetzt.«

»Das Dumme ist, daß die Kompagnons nichts vom Zahlen wissen wollten. Auf dem Ohr waren sie taub. Wahrscheinlich haben sie sich gesagt: Was geht das uns an? – worauf du ihnen gedroht hast, sie würden von dir allerhand erleben, wenn sie das Geld nicht ausspuckten. Ich weiß, was für ein Teufel du sein kannst, und ich würde mich nicht wundern, wenn du sie zusammengeschlagen, die Schränke im Büro durchwühlt hättest und, weil nichts mitzunehmen war, in der Via Rapinati aus Rache die Käfige geöffnet und die Tiere herausgelassen hättest.«

»Wunderbar«, sage ich, »vielleicht mit der Absicht, mir als Abschlagszahlung einen Königstiger unter den Arm zu nehmen.«

Tram schüttelt den Kopf.

»Du bist ein rachsüchtiger Mensch«, sagt er. »Dir war nur darum zu tun, der Firma einen Totalschaden zu verursachen, ohne daran zu denken, daß du die ganze Stadt in Gefahr bringst. Du machst vor nichts halt.«

»Ist das alles auf deinem Mist gewachsen oder hat dir noch einer dabei geholfen?« frage ich.

»Ich muß ihm den Schädel zerdeppern, Leutnant«, sagt Kautschuk, »sonst krieg ich noch ein Magengeschwür.«

»Jetzt kommt das Interessanteste«, fährt Tram fort.

Ich setze mich noch bequemer hin.

»Erzähl nur weiter«, sage ich, »es ist unmöglich, von deiner Horror-Story nicht gefesselt zu sein.«

»Gleich danach«, sagt Tram, »hast du ein Taxi genommen und dich zur Villa der Witwe fahren lassen. Diesmal war sie da und allein. Du hast Geld von ihr verlangt, und sie hat sich geweigert, zu zahlen.« Kopfschüttelnd fährt er fort. »Vielleicht, wenn du ein paar Tage gewartet hättest, wäre sie zugänglicher gewesen, aber wenige Stunden nach dem Unglück, das sie heimgesucht hat, war sie nicht in bester Verfassung. Sie hat nein gesagt. Du hast nicht nachgegeben, sie hat sich immer noch geweigert, da hast du den Schürhaken vom Kamin genommen und sie erschlagen.«

Ich bekomme einen Lachkrampf, den ich nur unterdrücken kann, weil ich an meinen Partner und seinen kaputten Schweif denke. Als ich mich beruhigt habe, sage ich: »Noch nie habe ich eine so unterhaltsame Hypothese vernommen. Du hättest einen Riesenerfolg im TV-Nachmittagsprogramm, besonders wenn Kautschuk neben dir steht und kopfnickend deine Geschichten bestätigt. Die Lacher möchte ich hören!«

Ich habe den Eindruck, Tram hört mir gar nicht zu.

»Deine Fingerabdrücke sind im Salon«, sagt er, »und heute früh, als du das erste Mal im Haus der Witwe warst, hast du die Schwelle des Vorzimmers gar nicht überschritten.«

»Das hast du wohl vom Bierschaummädchen?« frage ich.

»Signorina Dona, die Stiefschwester der Signora Pedalu, hat es mir berichtet.«

»Eben, die Bierschaummaid«, sage ich, »und was ist dann passiert? Dann habe ich die brillante Idee, eure Ankunft abzuwarten!«

»Nein«, berichtigt mich Tram, »du wolltest wohl weg, hast aber Angst gehabt vor den Raubtieren. Dort herum hat man die Panther gesichtet. Oder du hast dir das Geld aus der Tasche der Witwe oder aus einer Kassette geklaut und es irgendwo versteckt, um es dir später in aller Ruhe zu holen, oder ...«

Das Telefon klingelt und Tram nimmt den Hörer ab.

»Was ist?« fragt er. »Ist gut ... bitte warten Sie.«

»Oder?« nehme ich den Faden wieder auf, »du warst gerade

dabei, noch eine Theorie zu entwickeln, was ich mit dem Geld der Witwe angefangen habe ...«

»Warum sagst du es mir nicht selbst«, erwidert Tram, »statt mir unnötig die Zeit zu stehlen?«

Ich hole noch eine Zigarette aus dem Päckchen und zünde sie an.

»Hör zu«, beginne ich, »ich fürchte, ich muß dich enttäuschen. Du bist auf einer völlig falschen Spur. Tatsache ist, daß Signor Pedalu sich nicht aus dem Fenster gestürzt hat, sondern hinuntergeworfen wurde.«

Tram prustet wie ein Taucher, der zu lange unter Wasser gewesen ist.

»Dieser Fall ist bereits abgeschlossen und ad acta gelegt. Versuche nicht, ins klare Wasser zu spucken. Es ist und bleibt klar.«

»Nicht so sehr«, sage ich. »Auch die Witwe war meiner Meinung. Signor Pedalu hatte beschlossen, sich zu erschießen. Er hat einen Revolver gekauft, einen Abschiedsbrief geschrieben und sich darauf vorbereitet, ins Jenseits zu marschieren, als er eine schräge Sache, die WITI betreffend, entdeckte. Er wollte seinen Abmarsch in die bessere Welt verschieben, um die Geschichte zu klären und mit ruhigem Gewissen zu sterben. Er hat den Brief in die Tasche gesteckt und ist ins Büro gefahren. Jemand wurde davon verständigt, ist ihm nachgefahren und hat ihn aus dem Fenster geworfen. Die Witwe war bei mir, hat mir diese Version erzählt und mich gebeten, Nachforschungen anzustellen, da der Mordkommission scheinbar die Zeit fehlt, der Sache nachzugehen. Einer der Teilhaber folgte der Witwe bis zu meinem Büro, und damit war ihm klar, daß irgend etwas schief gelaufen war. Deshalb stießen mir die beiden Herren ihre Kanonen in den Rücken, als ich sie im 24. Stock des Birillo-Hochhauses aufsuchte, brachten mich ins Depot, schlugen mir auf die Birne und sperrten mich in eine Kiste. Sie haben die Käfige öffnen lassen, aber ich hatte nicht die Absicht, den halbverhungerten Raubtieren als Vorspeise zu dienen. Inzwischen war irgendeiner in der Villa und hat die Witwe fürs Leichenschauhaus präpariert, weil sie durch sie und mich großen Ärger hätten bekommen können.«

»Und was hatte Signor Pedalu so Schwerwiegendes gegen seine Partner entdeckt?« fragt Tram.

»Das weiß ich noch nicht«, antworte ich, »aber wenn du dich nicht dahinterklemmst, kannst du Gift drauf nehmen, daß ich es tue.«

Tram seufzt ein paarmal und steht dann auf, um aus einem Regal einen dünnen Aktendeckel zu holen. »Nur damit du ruhig schlafen kannst, hier die Ergebnisse unserer Recherchen, und die stimmen. Die Witwe, die gestern noch keine war, befand sich um 23 Uhr zu Hause in Gesellschaft einer Bekannten, die um Mitternacht wegging. Hier die Zeugenaussagen. Die Stiefschwester war ab 23 Uhr im ›Goldenen Loch‹ zu ihrer Nummer. Danimarco war auch dort, wir haben achtzehn Zeugen, die ihn gesehen haben, alle oder fast alle respektable Personen. Lotus Maddaleno und Cool Mastice waren um 22 Uhr in einem privaten Spielklub im 1. Stock eines Nachtlokals. Neun Personen bezeugen, daß sie sich bis 2 Uhr früh nicht weggerührt haben.«

»Kann ich die Namen der Neun erfahren«, frage ich.

Tram fährt mit dem Finger über das Blatt.

»Renzo Però«, liest er, »Guglielmo Frammento, Caterina Mia, Pronto Chiparla, Ascanio Keller, Luky Papalla, dann Raul Chiusoladomenica, Nanda ...«

Mehr brauche ich nicht. Ein leichter Pfiff entfährt mir, als ich Luky Papalla höre. Ist das der Luky, der sich um die Witwe kümmern soll? Ich wette meinen Nabel, Kinder!

»Und jetzt reicht es mir«, sagt Tram und schließt den Aktendeckel. »Deine ganze Geschichte hat weder Sinn noch Verstand, und es ist nur blöd, wenn du weiter darauf herumreitest.«

Er nimmt den Hörer und wählt ein paar Nummern.

»Hier Tram«, sagt er, »führ sie herauf.«

Er legt auf und wählt von neuem.

»Lies mir die Durchsage vor«, sagt er.

Er legt den Hörer auf und drückt auf den Knopf einer Art Toaströster, der auf seinem Schreibtisch steht. Ein rotes Licht leuchtet auf, und man hört die Stimme des Ansagers.

Ein Tiger und ein Panther wurden eingefangen. Nur ein Königstiger ist noch in Freiheit. Alle verfügbaren Kräfte sind immer noch einsatzbereit, Jagd auf ihn zu machen, aber man weiß nicht, wo das Tier ist.

Tram drückt wieder auf den Knopf.

»Nicht alle verfügbaren Kräfte«, sage ich, »da herinnen drückt sich ein Haufen Faulenzer herum, während andere ihr Leben riskieren. Ich z. B. würde Kautschuk, mit einer pikanten Sauce garniert, mitten auf den Platz stellen.«

Kautschuk kommt mir mit einem Schwinger entgegen, der mir alle unteren Zähne einschlagen würde, aber auf halbem Weg packe ich seinen Arm und breche ihm den Ellbogen.

»Zwei halbe Ellbogen sind besser als einer«, sage ich.

Die drei Polypen setzen sich in meine Richtung in Bewegung, als es klopft.

»Herein«, sagt Tram.

Ein Polizist läßt die Herren Cool Mastice und Lotus Maddaleno eintreten.

7. Kapitel

Manchmal ist auch ein Königstiger zu etwas gut – Ben befolgt den Spruch: wen's juckt, der kratzt sich – aber ich treibe es ihm aus.

Kautschuk stützt seinen lädierten Arm mit der anderen Hand und verschwindet.

»Guten Tag«, sagen der Fette und der ohne Kinn unisono.

Der begleitende Polizist legt ein maschinegeschriebenes Blatt vor Tram hin.

»Da steht alles«, sagt er.

»Gut«, sagt Tram. »Erkennen Sie diesen Mann wieder?«

Die zwei glotzen mich an und nicken.

»Das ist er«, bestätigt der ohne Kinn. »Er ist in unser Büro gekommen und verlangte von uns die Reparaturkosten für seinen Wagen. Wir hätten auch bezahlt«, sagt der Fette mit einem Tremolo in der Stimme, »ach, der arme Luis! Aber er ist derart unverschämt geworden, daß wir uns geweigert haben.«

»Und was hat er gesagt?«

»Hier ist alles festgehalten«, sagt der ohne Kinn und zeigt mit dem Finger auf das Blatt. Tram liest.

»Sie werden noch an mich denken! Das hat er gesagt?«

»Ja«, bestätigt der Fette. »Und er hat seine Drohung wahr gemacht, ist in unser Lager, hat den Dompteur halbtot geprügelt, ihn in eine Kiste gesteckt und die Tiere freigelassen.«

»Ein Schaden von mehr als zehn Millionen!« ruft der ohne Kinn pathetisch aus. »Raubtiere sind heutzutage sehr wertvoll.«

»Haben Sie ihn angezeigt?« fragt Tram.

»Natürlich«, sagt der Fette, »das mußten wir wohl, der Schaden ist enorm, vom Angriff auf Danimarco ganz abgesehen.«

»A propos, wie geht es ihm?« fragt Tram. »Ich sehe, daß er Ihre Aussagen schriftlich bestätigt hat.«

»Ja, er hat sie bestätigt«, sagt der ohne Kinn. »Er ist jetzt zu Hause und macht Eisumschläge. Er muß sich röntgen lassen, ob er nicht einen Schädelbruch hat.«

»Hoffentlich«, werfe ich ein.

Die zwei streifen mich nur mit einem Blick und schauen dann wieder auf den Leutnant.

»Gut so«, sagt er, »wenn Sie Ihren Aussagen nichts mehr hinzuzufügen haben, ist alles in Ordnung.«

»Wir haben nichts hinzuzufügen«, sagt der ohne Kinn.

»Und du?« fragt Tram und wendet sich mir zu.

»Ich«, sage ich, »kann nichts dazu sagen, weil ich stumm bin vor Erstaunen.«

»Sie können gehen«, sagt Tram.

Die zwei machen eine kleine Verbeugung und verschwinden.

Die drei Polypen stellen sich wieder mit dem Rücken zur Tür.

»Dieses Mal«, sagt Tram, »bist du dran. Such dir einen guten Anwalt, aber auch der tüchtigste wird, so fürchte ich, keinen Kurzschluß am elektrischen Stuhl herbeiführen können.«

»Womit ich«, sage ich, »wegen Mordes angeklagt und verhaftet bin.«

»Du sagst es.«

»Kann ich telefonieren?« frage ich.

»Das ist dein gutes Recht«, sagt er und reicht mir den Hörer. Ich wähle die Nummer der »Fledermaus«.

»Bist du's?« frage ich.

»Ja«, antwortet der Besitzer der »Fledermaus«.

»Hier Pipa«, fahre ich fort, »du müßtest mir einen Gefallen tun. Schick deine Fernanda hinauf in mein Büro. Greg ist verwundet und braucht Pflege.«

»Porco mondo«, sagt er, »was ist passiert?«

»Nichts Gefährliches. Sein Schweif ist entzwei, aber ich habe ihn so verarztet, daß er bald wieder in Ordnung ist. Fernanda soll sich nicht aufregen.«

»Eine Keilerei?« fragt er.

»Nein«, sage ich, »er hat nur einen Panther zur Schnecke gemacht, der mit ihm flirten wollte. Auf später.«

Ich lege den Hörer auf.

»Sehr viel später«, meint Tram. Das Telefon läutet und Tram hebt ab. »Ja ...«, sagt er, »verstehe ...«

Er hört einige Minuten zu und betrachtet mich dabei.

»Ich werde ihn fragen«, sagt er, »aber ich bezweifle, daß er es mir sagt ... Wir müssen es allein herauskriegen ... ja, keine Eile.«

Er legt auf und erhebt sich.

»Nun«, berichtet er, »die Witwe hat heute früh von ihrem Bankkonto 200000 abgehoben.«

Ich lasse einen Pfiff los.

»Wir haben Hinweise darauf in ihrer Villa gefunden«, sagt er, »wo sind die Mäuse?«

»Frag doch den nächsten Weltraumfahrer«, sage ich, »vielleicht findet der sie auf dem Mond.«

Tram macht den Polizisten ein Zeichen.

»Hört gut zu«, sagt er, »es wäre nicht das erste Mal, daß uns diese Type da durch die Lappen geht. Er wird in einer Souterrainzelle untergebracht, und ihr seid für ihn verantwortlich. Wenn ihr ihn entwischen laßt, kommt ihr hinein und bleibt dort, bis er wieder gefunden ist und auf dem elektrischen Stuhl sitzt. Ist das klar?«

»Keine Angst, Chef«, sagt einer von ihnen, »wir saugen uns an ihm fest wie Blutegel.«

»Also los«, befiehlt Tram, »bringt ihn weg und nehmt noch ein paar Leute mit, ehe ihr die Treppe hinuntergeht. Drei sind für den zu wenig.«

»Danke für die Blumen«, verabschiede ich mich.

Der dritte Bulle legt mir die Armbänder an und wir machen uns auf den Weg. Schon ein paarmal habe ich mich aus ähnlichen Situationen befreit, aber dieses Mal sehe ich schwarz.

Die drei Bullen schauen nicht aus, als ob sie Spaß verstünden. Einer rechts, einer links, der dritte hinter mir in Tuchfühlung, daß nicht einmal ein Blatt Papier durchrutschen könnte.

Wir gehen die Treppe hinunter, ich zermartere mir den Kopf, aber meine grauen Zellen produzieren keine brauchbare Idee.

Schade, daß ich die Gelegenheit nicht nützen kann, der ganze Bau scheint ausgestorben. Sie sind alle auf Großwildjagd, nur die Pensionsreifen, denen schon ein Mistkäfer Angst macht, haben sie zurückgelassen.

Mir schwant, daß ich es diesmal nicht schaffe.

Wir sind im Parterre und müssen über den ersten Hof, um zu den Zellen zu gelangen.

Als wir mitten im Hof sind, werfe ich einen Blick zum Einfahrtstor. Dort steht ein Tiger, der sich nach Beute umsieht.

Nicht nur ich bemerke ihn, auch meine drei an mich geleimten Begleiter.

Wir bleiben stehen, und es sieht so aus, als ob die drei zur berühmten Salzsäule erstarrt sind.

Der Tiger dagegen nicht. Überwältigt von den vor ihm stehenden Fleischmassen dreht er den Kopf in unsere Richtung und setzt zum längsten Sprung seines Lebens an.

Die drei Polypen stieben in drei verschiedene Richtungen auseinander, ich wähle die einzig sichere in Richtung Tiger. Es ist doch klar, daß nicht einmal ein Tiger seinen Sprung auf halbem Weg unterbrechen kann mit der Absicht, den Happen, der unter seinem Bauch durchschlüpft, zu erwischen?!

Ich schaue nicht um, was passiert, renne durch das Tor und spurte über die Straße.

Nach der ersten Ecke zertrümmere ich die Handschellen mit einem einzigen Schlag und schlüpfe dann ans Steuer des nächsten Autos, das ich am Straßenrand geparkt finde.

Noch keine Minute ist vergangen, und ich bin schon mit Vollgas unterwegs.

Ich muß grinsen, wenn ich an die drei Polizisten denke auf der Flucht vor dem Tiger, hoffentlich hat er keinen von ihnen erwischt.

Als der Tiger auf dem Boden landete, wird er sich vor der Qual der Wahl gesehen haben, gerade lange genug, um eine Waffe zu ziehen und auf ihn zu schießen.

Armes Tier.

Im Grund hat er mir einen großartigen Dienst erwiesen. Er hätte sich ehrlich, auf silberner Platte serviert, einen gut durchgebratenen Polypen verdient, eventuell mit Krebsen garniert. Aber gegen die Ungerechtigkeiten in der Welt bin ich machtlos.

Das Wichtigste ist nun, mich von den Bullen, die Tram nach Erlegen des Tigers sicher an meine Fersen geheftet hat, nicht finden zu lassen.

Ich entferne mich so schnell als möglich aus der Gefahrenzone und überlege scharf.

Die beiden Gangster haben sich also zusammengetan und einen Haufen Lügen über mich erzählt. Auch das Bierschaummädchen scheint mit von der Partie zu sein, gar nicht zu reden vom Löwenschreck, der die Story bestätigt hat und zu Hause Umschläge macht.

Ich beschließe, die 200000 für den Augenblick unter den Tisch fallen zu lassen. Sie würden mir auf keinen Fall glauben, daß die verblichene Superwitwe sie mir vor ihrem unverdienten Ende persönlich übergeben hat. Habe ich erst bewiesen, daß ich recht habe, werden sie auch zu überzeugen sein, daß die Mäuse ehrlich erworben sind. So sehr ich auch meine grauen Zellen antreibe, ich finde einfach keine logische Basis für die ganze Geschichte. Ich muß herausbringen, was Signor Pedalu Wichtiges entdeckt hat, das ihn veranlaßte, seinen Freitod zu verschieben und sich aus dem Fenster werfen zu lassen.

Was haben die zwei in meinem Wagen gefunden?

Ich schaue auf die Uhr: die Zeit ist viel zu schnell vergangen, jetzt, um 10 Uhr, meint man, es sei drei Uhr, so leer ist die Stadt. Die Läden und Haustore geschlossen, kein Mensch ist zu sehen.

Alle leben noch unter dem Alpdruck der Invasion durch die Dschungelkönige, die Nachricht, daß der letzte Tiger erlegt wurde, hat sich noch nicht verbreitet.

Ich fahre mit abgeblendeten Lichtern, bereit, beim Herannahen eines Streifenwagens sofort am Straßenrand zu halten und unter dem Armaturenbrett zu verschwinden.

Vielleicht wäre es ratsam, einen Blick ins »Goldene Loch« zu werfen. Ich habe so eine Ahnung, daß ich alle Hauptdarsteller dort versammelt finden werde. Ich steuere also in diese Gegend, aber auf halbem Weg bremse ich.

Einen Moment, Kinder, besser erst ins Birillo-Hochhaus.

Es ist immerhin möglich, daß ich dort einen Hinweis finde, der mich auf den richtigen Weg bringt.

Ich ändere die Richtung und trete aufs Gas.

Nach einer Viertelstunde bin ich am Korso Nostalgia und parke den Wagen am Straßenrand unter dem Wolkenkratzer.

Ich springe heraus und schaue mich um. Alle Fenster sind dunkel, um diese Zeit sind die Büros verwaist.

Sehr passend für mein Vorhaben.

Ich setze mich in Bewegung, halte aber sofort wieder an. Etwas weiter vorn ist ein einsamer Wagen, ein Taxi, geparkt.

Teufel, Teufel! Ich erinnere mich, daß ich Ben gesagt habe, er solle die Familie heimfahren und dann hier auf mich warten. Aber 4 Uhr war es schon vor langer Zeit.

Ich gehe hin. Es ist Bens Taxi. Auf dem Armaturenbrett aufgereiht steht die ganze Familie, natürlich als Foto.

Im Gepäckraum ist er auch nicht, und ich frage mich, wohin er sich verkrochen hat.

Ich renne in die Vorhalle und winke dem Portier, der auf mich zukommt.

»Der Tiger«, rufe ich, »lauf!«

Er verschwindet wie der Blitz hinter einer Tür. Ich betrete einen Lift und drücke auf den Knopf zum Vierundzwanzigsten. Auf Zehenspitzen erreiche ich die Türe zur WITI und drücke auf die Klinke. Die Tür geht auf.

Ich trete geräuschlos ein und bin mit drei Schritten an der Tür zum Nebenzimmer.

Es ist stockdunkel, aber ich fühle, daß ich nicht alleine bin. Ich halte den Atem an und höre ein regelmäßiges Schnaufen. Einer, der mich im Finstern erwartet, seine Gegenwart aber nicht zu verbergen versucht, jedenfalls hält er nicht wie ich den Atem an.

Überraschungen mag ich nicht, drum halte ich mich sprungbereit und knipse die Lampe an.

Ich brauche nicht zu springen.

Stocksteif bleibe ich stehen und verschlucke beinahe meine Zunge. Kein Zweifel: auf dem Diwan liegt Ben.

Er hat seine Jacke ausgezogen und sein Hemd, nur ein Unterleibchen hat er an, er liegt auf den linken Ellbogen gestützt und hält seinen Kopf.

Mit der rechten Hand bewegt er zart einen kleinen Metallstab, den er hinten in sein Trikot gesteckt hat.

Seine Augen sind offen, aber er merkt nicht einmal, daß das Licht brennt. Er schaut mich an, nimmt mich aber gar nicht wahr.

Er kratzt sich den Rücken, Leute, und lächelt, als sähe er den Englein im Himmel bei der Zubereitung einer delikaten Eistorte zu.

In diesem Augenblick macht es klick in meinem Hirn und alles wird klar, als würde die ganze Geschichte von einer 5000-Watt-

Lampe angestrahlt und die helle Mittagssonne schiene noch dazu! Rauschgift, Kinder! Eine ganz und gar schmutzige Rauschgiftstory!

Das Peperin G ist ein Juckpulver.

Es wird aus einer Riesenpaprikafrucht gewonnen, die in den Wäldern von Gonesien wächst. In kleinsten Mengen kommt es auch in Zündholzköpfen vor, die in der Gegend von Asparagien hergestellt werden.

Die Gewinnung aus den Paprikafrüchten ist einfach und wird jeden Samstag in Gegenwart eines Notars vorgenommen. Eine Extraktion aus den Zündhölzern ist fast unmöglich, weil sie zu brennen anfangen und den kostbaren Stoff einäschern. Peperin wird auf den unglaublichsten Schleichwegen aus Gonesien herausgebracht und trotz strengster Polizeiüberwachung auf alle Länder verteilt.

Es handelt sich um ein feines, cremefarbenes Pulver. Ein Gramm genügt, um auf der Haut einen unerträglichen Juckreiz hervorzurufen und ein irrsinniges Verlangen, sich zu kratzen.

Sie müßten einem, der sich mit Peperin G kratzt, ins Gesicht schauen, Leute! Erweiterte Nüstern, ein blödes Lächeln auf den Lippen, Unempfindlichkeit gegen alles, was um ihn herum vorgeht und aufgerissene Augen, die nichts sehen, zeigen deutlich den Wonnerausch, der ihn beim Kratzen überfällt. Langer Konsum der Droge führt zu ernstesten Folgen, wie Sie sich leicht vorstellen können.

Spezialkliniken sind mit Süchtigen überfüllt.

Sie wissen, daß ich ein harter Brocken bin, Leute, aber wenn ich an diese armen Teufel denke, schwirren in meinem Magen hungrige Mücken mit stählernen Saugrüsseln herum.

Immer habe ich mir vorgenommen: sollte ich eines Tages einen dieser Drogenverteiler oder Ersatzparadies-Importeure in die Finger kriegen, würde ich ihn von Kopf bis Fuß so lange mit Schmirgelpapier bearbeiten, bis seine Haut in Fetzen ist, und ihn dann in Cayennepfeffer wälzen.

Aber sie sind von teuflischer Schlauheit.

Nicht einmal Leutnant Clackson, Chef der Rauschgiftabteilung, einer der Tüchtigsten im Präsidium, hat bis jetzt einen nennenswerten Erfolg aufzuweisen.

Wir waren zusammen bei den 8. Jagdbombern, aber dann hat er durch eine Kühlschranktür einen Finger verloren und wurde beurlaubt. Er konnte sich nicht damit abfinden, ließ sich anstelle des Fingers eine Zehe annähen und kehrte an seinen Posten zurück.

Mehr als einmal habe ich ihm bei seinen Ermittlungen geholfen, aber leider sind wir nie bis zu den Drahtziehern vorgedrungen.

Er hat nie aufgehört, die für die Drogenverteilung bekannten Lokale zu überwachen, aber kaum hat er einen erwischt, kommt ihm der mit der kindischen Floh-Story, und er ist wieder da, wo er war, nämlich nirgends.

Es ist nicht gegen das Gesetz, Kinder, Flöhe zu haben, und scheinbar werden sie in dieser Stadt gezüchtet.

Stecken Sie einmal den Kopf in eines dieser Nachtlokale wie »Pincenez« oder den Laden von Bill Lagrattucia oder ins »Javaball«. Ich könnte Ihnen eine nie endende Liste dieser Bumslokale zusammenstellen. Die sonderbare Atmosphäre dort würde Ihnen sofort auffallen.

Sie sehen Burschen und Mädchen beim Twist sich die Rücken aneinanderreiben oder sich an Türen und Wänden schrubben oder sich bei langsamen Tänzen kaum von der Stelle bewegen. Dann werfen Sie einen Blick auf den Arm des jungen Mannes, der in zartem Rhythmus den Rücken seiner Tänzerin streichelt, oder die Hand des Mädchens auf seiner Schulter: Sie können nicht fehlgehen: sie kratzen sich. Auf den Gesichtern dieser Leutchen ein Lächeln der Glückseligkeit, und Sie können Ihre ganzen Innereien verwetten, daß es sich um Peperin G handelt.

Sie schleppen nun ein paar von ihnen in die Zentrale.

Sie fallen aus allen Wolken und schwören, daß sie Flöhe haben. Sie zeigen Ihnen sogar eines dieser Tierchen, und damit sind Ihnen die Hände gebunden und der Mund verstopft.

Sie können sie nur zum Teufel schicken und sie weiter beobachten in der Hoffnung, daß einer von ihnen doch endlich einen falschen Schritt tut.

Aber sie machen keinen.

Wenigstens bis heute, Freunde.

8. Kapitel

Im »Goldenen Loch« finde ich einen ganzen Haufen hochinteressanter Dinge – da ich aber nie zufriedenzustellen bin, will ich's bis zum bitteren Ende wissen.

Als ich mir über die Lage klargeworden bin, werfe ich mich auf Ben, reiße ihm das Stöckchen aus der Hand, ziehe ihm sein Unterhemd aus und lege ihn bäuchlings auf den Diwan. Sein ganzer Rücken ist voll blutiger Kratzer. Ich versetze ihm ein paar Ohrfeigen und stelle ihn auf die Füße. Dann mache ich mich auf die Suche nach einer Waschgelegenheit, während er versucht, mit den Händen weiterzukratzen, und da er es nicht schafft, reibt er sich den Rücken an der Schreibtischkante weiter.

Ich finde ein Waschbecken mit allem Zubehör, nehme Ben hoch und trage ihn unter den Heißwasserhahn.

Ich seife ihm den Rücken ein und schrubbe ihn dann mit einer Haarbürste so lange, bis seine Sommersprossen verschwunden sind. Ich sehe, wie er langsam zu sich kommt und anfängt, um sich zu schlagen. Der Effekt des Peperin G läßt also schon nach. Endlich erkennt er mich.

»Mondo cane«, bricht er in seinen Lieblingsfluch aus, »was ist denn eigentlich los?«

»Trockne dich ab«, sage ich und werfe ihm ein Handtuch zu, »dann rechnen wir miteinander ab, du Bastard. Seit wann bist du drogensüchtig?«

»Irrtum, Chef«, antwortet er, als er sich abgetrocknet hat. Ich klebe ihm noch eine und reduziere seine Sommersprossen um ein weiteres Dutzend. Dann befördere ich ihn mit einem Tritt auf den Diwan zurück.

Er fängt zu weinen an.

»Los«, sage ich, »erzähl mir jetzt nur nicht, daß dich, als du gerade eine Patience gelegt hast, tausend Flöhe überfallen haben.«

Zur Abwechslung trocknet er sich jetzt die Tränen ab.

»Nicht böse sein, Boß«, bittet er, »ich habe dieses Zeug hier gefunden und wollte es ausprobieren.«

Er schluchzt und erzählt dann weiter.

»Es ist das erste Mal, Chef, ich schwöre es Ihnen«, beteuert er, »seit ich als Kind die Masern hatte, habe ich mir nie mehr den Rücken gekratzt!«

Ich werfe ihm sein Hemd zu.

»Zieh das Hemd ohne Leibchen an, auf dem ist noch Peperin«, sage ich.

Er schlüpft hinein und verzieht dabei sein Gesicht, traut sich aber nicht, mich anzuschauen.

»Porco mondo!« ächzt er, »wie wenn ich mich mit dem Rücken an ein offenes Feuer gelehnt hätte!«

»Da vergeht dir wenigstens die Lust nach einem zweiten Trip«, sage ich.

»Nie mehr, Boß. Ich wollte es eben wissen, und jetzt schäme ich mich. Bitte nicht mehr böse sein, Chef.«

»Also gut«, sage ich, »ich will dir glauben. Nun sag mir endlich, was du hier zu suchen hattest. Ich mache dich darauf aufmerksam, ich merke sofort, wenn du schwindelst!«

»Kein Schwindel, Chef«, beteuert er, »ich wollte Ihnen nur helfen, sonst gar nichts. Sie haben mir aufgetragen, ich solle meine Familie heimfahren und da unten auf Sie warten, erinnern Sie sich?«

»Stimmt«, bestätige ich, »und wie geht's dann weiter?«

»Dann ... nichts weiter. Ich habe gewartet, eine Stunde, zwei Stunden, von Ihnen keine Spur. Dann haben sie im Radio die Geschichte von den Raubtieren durchgegeben. Da habe ich mein Taxi Taxi sein lassen und bin in diesen Wolkenkratzer, denn ich war in Sorge um Sie, Chef. Ich habe plötzlich so eine Ahnung gehabt, Sie könnten in Schwierigkeiten sein, daß Sie vielleicht Hilfe brauchen, und so bin ich in den 24. Stock heraufgefahren. Ich habe keine lange Leitung, Chef, und habe sofort erfaßt, daß diese Büros für Sie interessant sind. Ich habe nur zwei und zwei zusammengezählt. Ich wußte ja, aus welchem Fenster der arme Teufel geflogen ist und Ihnen Ihren Wagen ruiniert hat. Dann der Tierbändiger heute vormittag und die Raubtiere im Radio. Herausgekommen ist bei allem die WITI. Ich habe also die Tür aufgemacht und bin hereinspaziert.«

»War die Tür denn offen?« frage ich.

»Nein«, sagt er, »aber wenn einer Detektiv spielen will, dürfen verschlossene Türen kein Hindernis sein. Das habe ich schnell gelernt und war auch schon drinnen. Aber Sie waren nicht mehr da.«

»Ich bin gleich wieder weg, noch ehe du mit dem Wagen zurück warst.«

»Da ich schon einmal eingebrochen war«, fährt er fort, »habe ich mich gleich ein wenig umgesehen. Überall habe ich herumgeschnüffelt auf der Suche nach Indizien und habe auch eines gefunden.«

»Und was wäre das?« frage ich.

»Dieses Händchen«, sagt er, »es war in der Schreibtischlade eingeschlossen.«

Er hebt das Stöckchen, mit dem er sich den Rücken gekratzt hatte, auf und reicht es mir.

Es ist aus einer Art Leichtmetall, vielleicht einer Silberlegierung und läßt sich wie ein Fernrohr zusammenschieben. Als Abschluß ist ein zierlich gearbeitetes Händchen aufmontiert, klein wie eine Kinderhand. Ich glaube, mit so etwas hat sich schon der selige Nero den Rücken gekratzt. Ein reizendes Spielzeug für Damen, mit spitzzulaufenden Fingern und rotlackierten Nägeln. In den Ringfinger ist ein kleiner Brillant eingelassen. Ein Gegenstand, der nicht mehr Platz wegnimmt als eine Puderdose und in jede Handtasche paßt.

Während ich das Ding betrachte, nimmt Ben vom Diwan einen einzigen Lederhandschuh auf und hält ihn mir unter die Nase.

»Sogar einen Handschuh gibt's dazu«, meint er.

Er paßt tadellos auf das Händchen.

Ein paarmal schiebe ich das Stäbchen heraus und wieder hinein und sehe, daß sich am Ende ein Schraubdeckel befindet. In ihm entdecke ich ungefähr ein Gramm eines cremefarbenen Pulvers. Ich lasse einen Pfiff los. Ben nickt mir zu.

»Genau«, sagt er, »da habe ich es auch gefunden. Bin ich ein guter Detektiv oder nicht?«

»Ein Idiot bist du!« fahre ich ihn an, »seit über zwei Stunden kratzt du dir hier auf dem Diwan den Rücken!«

»Porco mondo!« flucht er, »wie die Zeit vergeht! Je mehr man kratzt, desto mehr möchte man. Sie sollten es auch probieren, Boß!«

»Ein Idiot reicht!« knurre ich ihn an, »kein Bedarf an Kunststoff-Paradiesen!«

Ich schaue mich um, durchsuche die Schubfächer und greife hinter Fotos. Staub finde ich, aber nicht den, nach dem ich suche. Ich wette Daumen und große Zehen, daß sich hier nicht ein Gramm davon findet.

Und dieses behandschuhte Händchen kann nur dem armen Luis aus der Hand gefallen sein, als er meinen Wagen demolierte, und eben das haben die Gauner gesucht und gefunden.

Ich schaue die Papiere auf dem Schreibtisch durch, alle betreffen nur den Raubtierhandel.

Drei Löwen für den Zirkus Atlantis, zwei Tiger für den Zoo, ein Panther für die Clippergärten.

Auf dem Tischkalender ist für den nächsten Tag vermerkt: 8 Uhr Zollabfertigung: zwei Jaguare an RIDIBEL Zahnpasta für Reklamesendung.

Eine ausgefallene Idee, mit zwei Jaguaren Reklame zu machen für eine Zahnpasta!

Ich schließe die Augen und denke nach.

Noch ein Pfiff ist fällig, hoffentlich der letzte für heute. Ich suche im Telefonbuch die Nummer der Eisenbahnzollstelle, finde sie und rufe an.

»Sind für morgen zwei Jaguare avisiert?« frage ich.

»Sind bereits angekommen«, sagt der Beamte. »Morgen früh um 8 Uhr können sie abgeholt werden, kommen Sie möglichst früh, sie machen einen Höllenlärm, und wir fürchten, daß sie von einem Moment zum anderen die Kiste zertrümmern.«

Ich lege auf und atme tief durch.

»Ausgerechnet jetzt, wo ich Hilfe brauche, muß sich mein Partner den Schweif abbeißen lassen«, sage ich.

»Porco mondo, Chef«, ruft Ben aus, »ich bin ja auch noch da! Glauben Sie mir, ich kann ihn bestens ersetzen, bellen kann ich auch!«

Er fängt tatsächlich an, täuschend echt zu bellen, und wenn Greg hier wäre, würde er sich vor Lachen am Boden wälzen.

»Laß gut sein«, unterbreche ich ihn, »es genügt, wenn du im

Präsidium anrufst. Ich kann nicht, weil sie meine Stimme kennen. Verlange Verbindung mit Leutnant Clackson.«

Ich sage ihm vor, was er ihm ausrichten soll und lasse ihn alles wiederholen. Dann wähle ich die Nummer und gebe Ben den Hörer.

Als er mit dem Leutnant verbunden ist, hustet er ein paarmal. »Guten Abend, Leutnant«, beginnt er, »könnten Sie in einer halben Stunde im ›Goldenen Loch‹ sein? Es handelt sich um eine äußerst wichtige Sache«, er lauscht, »es ist wirklich wichtig, Leutnant, es geht um Rauschgift ja ... Peperin G ... ich bin ein Freund, Leutnant ... kann Ihnen aber jetzt noch nicht sagen, wer ich bin. Wir sehen uns in einer halben Stunde im ›Goldenen Loch‹. Hängen Sie sich einen falschen Bart um.«

Ich bedeute ihm, daß er aufhören soll, und er legt den Hörer zurück.

»Und jetzt auf ins ›Goldene Loch‹!« sage ich.

»Weißt du, wie du zu fahren hast?«

»Aber sicher«, antwortet er. »Wenn ich Nachtdienst habe, stelle ich mich oft in diese Gegend. Irgendeinen, der nicht mehr sicher auf den Beinen steht, finde ich immer für eine Fahrt.«

Ich lösche die Lichter, und wir machen uns auf den Weg. In der Halle sitzt der Portier wieder an seinem Platz.

»Salve«, grüßt er, »den letzten Tiger haben sie nun auch erwischt. Eben haben sie es im Radio gemeldet. Er war im Polizeipräsidium aufgetaucht und hatte schon einen Polizisten angeknappert, ehe sie ihn erschießen konnten.«

»Gut für den Tiger«, sage ich, »wenigstens hat er kein Sodbrennen mehr bekommen.«

Den lachenden Portier hinter uns lassend, gehen wir hinaus und konstatieren, daß der Alptraum zu Ende ist.

Die Leute trauen sich wieder auf die Straße, die Lichter brennen, der normale Verkehr hat sich wieder eingependelt.

»Jetzt machen sie Jagd auf mich«, sage ich, »ich darf mich nicht sehen lassen, ist dein Kofferraum bewohnbar?«

»Und wie«, sagt Ben. »Wenn ich eine Fahrt aufs Land habe, stecke ich immer ein paar von meinen Buben hinein, für sie ist das eine Mordsgaudi.«

Wir laufen zum Taxi.

Ben macht den Kofferraum auf, er ist wirklich geräumig. Ein paar Kissen sind auch drin und einige Comic-strip-Hefte.

»Steigen Sie ein«, sagt er, »Sie können auch lesen. Lassen Sie das Licht brennen, von außen sieht man's nicht. Wenn Sie mir was sagen wollen, hier ist das Citophon, Chef.«

Er schließt mich ein, kommt aber nach einer halben Minute zurück, macht auf und präsentiert mir eine Flasche.

»Bourbon«, sagt er, »Sie haben's vielleicht nötig.«

Ich habe es wirklich nötig, Leute.

Ich lasse einen guten Schluck in meinen Magen gluckern, höre, wie Ben den Wagen anläßt und mache es mir bequem.

Meine Unterhaltung mit Ben ist uninteressant. Er gibt durch, daß alles prima ist, außer daß er den Rücken nicht anlehnen kann.

Ich sage ihm, wo er halten soll, nämlich vor dem Eingang zum »Goldenen Loch«.

Der livrierte Portier reißt den Schlag auf, aber ich entsteige dem Kofferraum.

»Sie nehmen es mir hoffentlich nicht übel, daß ich den Hintereingang benützt habe«, entschuldige ich mich bei ihm. Er bestaunt mich wie einen Chinesen, der einen Teller auf der Nase balanciert, was mich wenig bekümmert. Ich gehe hinein. Ben fährt sein Taxi zum Parkplatz und erwartet meine Befehle in einer kleinen Bar vis-à-vis vom Eingang.

Zu dieser frühen Stunde ist das Lokal noch nicht überfüllt, aber ein paar Tische sind doch schon besetzt.

Ich schaue mich um: auf der Tanzfläche langweilen sich einige Paare zu den langsamen Rhythmen der Band.

Ich stütze die Ellbogen auf die Theke der Bar am Ende des Lokals und bestelle einen B.B.

Gerade will ich das Glas zum Mund führen, als eine Type mit Vollbart, der ihm als Weste dient, an mir vorbeigeht und mich am Arm streift, daß fast der ganze Bourbon auf meinem Sakko landet.

Ich stelle das Glas auf die Theke zurück, drehe mich um und habe eine Linke parat, die genau zwischen Schläfe und Ohr des Langbartes zur Ruhe kommt. Er streckt sich auf dem Boden aus und fängt zu schnarchen an.

»Sie waren im Recht, Mann«, sagt der Barmann, neigt sich vor und betrachtet die Type. »Ich hätte genauso reagiert, wenn mir einer den Schnaps auf meine Lieblingskrawatte geschüttet hätte, aber leider hat's der Boß gar nicht gern, wenn sein schöner Teppich naß wird. Deswegen hat er für den Müll extra Körbe aufstellen lassen.«

»Da hat er ganz recht«, sage ich, »wo sind die Toiletten?«

Er deutet auf eine Tür.

»Da geht's zu einem Korridor, die Toiletten sehen Sie dann schon. Passen Sie auf, daß Sie die Leitung nicht verstopfen.«

»Keine Angst«, sage ich, »der schlüpft durch wie ein Aal.«

Ich nehme den Langbart auf, trage ihn durch den Korridor zur Herrentoilette und stecke seinen Kopf unter den Wasserhahn. Er schüttelt sich und wacht auf.

»Der Teufel soll dich holen«, sagt er, »konntest du nicht etwas weniger grob zuschlagen? Ich weiß selber, wie ich mich in einer solchen Situation zu benehmen habe!«

»Mir schwant, du hast deine Schau nicht ganz unfreiwillig abgezogen«, sage ich.

Der Langbart nimmt seine Gesichtsmatratze ab und zum Vorschein kommt der Leutnant Clackson.

Er trocknet seinen Bart mit einem Handtuch ab.

»Weißt du, was ich hätte tun müssen, als ich dich gesehen habe? Die Zentrale anrufen und ihnen sagen, wo du bist. Sie kämmen die ganze Stadt nach dir durch.«

»Das kannst du gern machen«, sage ich, »wenn du auf den größten Triumph deiner Karriere verzichten willst.«

Er legt den Bart auf das Waschbecken und schaut mich scharf an. »Rauschgift?« fragt er.

Ich nicke. »Um genau zu sein, Peperin G«, sage ich.

»Beweise?«

»Mehr als genug«, antworte ich. Ich erzähle ihm die ganze Story vom Fenstersturz des Signor Pedalu an. Diesmal pfeift *er*. Er starrt mich an, als ich ihm meinen Plan entwickle.

»Hör zu, Pipa«, sagt er, als ich fertig bin, »wenn du mir einen Haufen Quatsch erzählt hast, wird es übel ausgehen für dich. Ich will mir auch gar nicht ausmalen, was mir passiert, wenn ich dir glaube.«

»Ich kann deine Zweifel völlig ausräumen«, sage ich, hole das Händchen aus der Tasche und reiche es ihm.

Gute zwei Minuten braucht er zur Untersuchung dieses Dinges, und als er genausoviel weiß wie ich, steckt er es in die Tasche.

»Also gut, einverstanden«, sagt er. »Brauchst du die?«

Er zeigt mir seine Pistole.

»Kann schon sein«, sage ich, »wenn sie geladen ist.«

»Ist sie«, sagt er und übergibt sie mir zusammen mit einem Satz Reservepatronen.

»Geh vorsichtig um mit ihr«, sagt er, »ich lasse dir auch den Bart da und verdrücke mich durch die Hintertür.«

Er macht die Tür auf, winkt mir zu und verschwindet.

Ich stecke Kanone und Patronen in die Tasche, nehme den Bart und kehre ins Lokal zurück, stütze mich wieder auf die Theke und werfe dem Barmann die falsche Manneszier zu.

»Ich habe ihn abgeschnitten«, sage ich. »Er ging nicht durchs Abflußrohr. Gib mir einen neuen B.B., diesmal zur inneren Anwendung.«

Er nimmt den Bart, wirft ihn unter die Theke und schenkt mir einen Super-B.B. ein.

In kurzer Zeit hat sich das Lokal gefüllt. Alle Tische sind besetzt, und auch an der Bar lümmelt ein Haufen Leute, die trinken, quatschen und lachen.

An einem Tischchen nahe dem Orchester sehe ich den Löwenschreck sitzen.

Er ist nicht zu verkennen: er hat immer noch das Leopardenfell um die Lenden gegürtet und die breiten Messingarmbänder an den Gelenken.

Er ist allein und scheint jemanden zu erwarten.

Ich schaue auf die Uhr: 11 Uhr, Auftritt des Bierschaummädchens.

Die Lichter verlöschen, der Schlagzeuger haut auf die Pauke, und ein Scheinwerfer zielt genau auf ein bezauberndes Mädchen in einem hautengen Abendkleid. Ihre Schultern sind nackt, sie ist »oben ohne«, aber ich will nicht, daß Sie Stielaugen kriegen und Ihnen das Wasser im Mund zusammenläuft. Ich erkenne sie an ihren Haaren, die sich um ihre Schultern bauschen. Sie ist's, Kinder, die Bierschaumdame, und ich kann euch versichern, daß die Abendausgabe das hält, was die Morgenausgabe versprochen hat.

Sie trägt einen sexgeladenen Song vor, und ihre Stimme mündet in den Ohren und läuft von da direkt das ganze Rückgrat hinunter.

Alle hören mit aufgerissenen Mäulern zu, und auch Löwenschreck scheint im Nirwana eingekehrt zu sein.

Mit meinem Glas in der Hand verlagere ich mich langsam zu dem blauen Vorhang, durch den die Künstler auftreten. Nur noch drei Schritte trennen mich von ihm, als das Lied zu Ende ist und der Applaus losbricht.

Ich sehe das blonde Gift vom Podium heruntersteigen und sich zu Löwenschreck an den Tisch setzen. Da verschwinde ich hinter dem Vorhang.

Ich habe die Absicht, sie in ihrer Garderobe zu erwarten. Nach einer Tanznummer kommt sie noch einmal dran und wechselt bestimmt ihre Schale.

Im Korridor befinden sich sechs Garderoben. Gleich in der ersten habe ich Glück. Ich sehe ihr und Löwenschrecks Foto am Spiegel stecken.

Ich setze mein Glas auf dem Toilettentisch ab und schaue mich um. Ich habe schon viele Künstlergarderoben gesehen, und diese unterscheidet sich in nichts von allen anderen. Aufgehängte oder über Stühle geworfene Kostüme, Strümpfe, Schuhe und Tiegel und Fläschchen jeder Sorte.

Ich inspiziere den Schrank, die Diwankissen und jede Ecke – nichts. Nicht einmal ein Gramm des Stoffes.

Ich nehme mein Glas wieder zur Hand, setze mich bequem hin und hole mir eine Zigarette aus dem Päckchen auf dem Schminktisch und Zündhölzer, weil ich gänzlich ohne bin.

Ich stecke beides ein, weil sie mir, wenn Sie sich erinnern, in der Zentrale die Taschen ausgeräumt haben.

Sicherheitshalber stecke ich auch noch meinen Revolver in einen und die Munition in den anderen Strumpf. Man kann nie wissen.

Ich inhaliere einen Schluck Bourbon und strecke mich, in Erwartung der Dinge, auf dem Diwan aus.

Ich bin gespannt, was das Bierschaummädchen mir erzählen

wird. Es wird allerhand sein, wenn sie nicht gewärtigen will, daß ich ihr eines ihrer schönen Augen schwarz und das andere blau töne.

Ich höre typische Frauenschritte auf dem Korridor, zaubere ein charmantes Lächeln auf meine Lippen und schaue auf die sich öffnende Tür.

Mein Lächeln kommt sofort aus der Tiefkühltruhe, und mein Atem blockiert sich auf halber Strecke.

Ich blinzle ein paarmal, bis ich endlich die Herrschaft über meinen ganzen Körper wiedergefunden habe.

Es ist nicht das Bierschaummädchen, das sich da auf der Türschwelle aufgebaut hat.

9. Kapitel

Mit Aspirin kurieren Sie Ihre Erkältung und auch sonst noch einiges – kann auch sein, Sie stolpern in einen Riesenschlamassel.

Ich weiß wirklich nicht, wie ich sie Ihnen beschreiben soll. Schöne Frauen habe ich gesehen, das kann ich Ihnen flüstern, aber die da liegt noch eine Oktave höher, daß ich mich frage: ist sie wirklich nur eine Frau oder etwas viel Komplizierteres? Wie soll ich Ihnen deutlich machen, was ich meine? Sie müßten sich unerhörte Sensationen ausdenken und sie alle miteinander auf einmal genießen.

Aus 20000 Meter Höhe mit dem Fallschirm abspringen, zu gleicher Zeit ein Fresco von Giotto betrachten, nach zwei Wochen Fußmarsch durch die Wüste ein Pistazieneis verspeisen und das alles mit einem Hauch Beethoven würzen. Das ist mein Eindruck von ihr, und während ich sie betrachte, registriere ich ihre Anatomie.

Größe 1.75, Gewicht 65 Kilo, Haarfarbe schwarz mit lila Reflexen, Mund blutrot geschminkt. Bekleidung: das wenige, was sie auf diesem Sektor zu bieten hat, ist nachtblau, aber den größten Teil scheint sie zu Hause gelassen zu haben. Über die Beine und alles Übrige möchte ich als Kavalier mit Schweigen hinweggehen, sonst fangen Sie womöglich noch zu weinen an aus Wut, weil Sie dieses Meisterwerk nicht persönlich vor sich stehen haben.

Nach und nach gewöhne ich mich an ihre Gegenwart, und als sie den Mund aufmacht, habe ich mein Gleichgewicht wieder.

Der Ton ihrer Stimme läßt auf 80 Zigaretten pro Tag schließen, perfekt wiedergeben kann man ihn, wenn man mit einem Stück Schmirgelpapier über den Bauch einer Gitarre fährt.

»He«, sagt sie, »was machen Sie hier?«

»Das frage ich Sie«, sage ich, »Sie sind in der falschen Garderobe. Das ist die vom Bierschaummädchen.«

Sie lächelt engelgleich. »Von Dona, meinen Sie!« sagt sie, »sie ist auch meine, wir mußten zusammenrücken, weil ein ganzes Ballettkorps auftritt. Und nun zu Ihnen ...«

»Ich erwarte das Bierschaummädchen«, sage ich, »wir haben Geschäftliches zu besprechen.«

Sie geht drei Schritte, Marke Windstärke 6, auf mich zu.

Ich klammere mich an die Sessellehne und hole tief Luft.

»Mir gefällt der Spitzname, den Sie ihr angehängt haben«, sagt sie. »Bierschaum, könnte gar nicht passender sein. Und wie würden Sie mich nennen?«

Wie heißen sie?« frage ich zurück.

»Aspirina«, antwortet sie.

»Dann brauchen Sie keinen anderen. Dieser Name sagt alles.«

»Man sagt, daß ich eine ziemlich heiße Ausstrahlung habe.«

»So ist es«, sage ich, »das ganze Eis in meinem Glas ist bereits geschmolzen.«

Sie setzt sich auf meine Sessellehne, und der Schweiß bricht mir aus allen Poren.

»Wenn Sie mit mir reden wollen statt mit Dona«, krächzt sie, »vielleicht kann ich Ihnen sogar besser antworten als sie.«

»Es ist ein ganzer Fragenkomplex, den ich ihr vorlegen muß.«

Ich mache meinen Kragenknopf auf und stelle das Bourbonglas auf den Tisch. Der Bourbon fängt bereits zu kochen an, und kochenden Whisky mag ich nicht.

Sie seufzt. »Dann mußt du sie eben später befragen«, sagt sie, »jetzt ist sie voll und ganz mit ihrem Dompteur beschäftigt, und ich habe vor meiner Nummer noch etwas Zeit.«

»Zeit zu was?« frage ich.

Sie steht auf und stellt sich vor den Spiegel, während sie an einem Reißverschluß herumfummelt.

Auch ich erhebe mich und lege mein Jackett ab. Mein Hemd ist naß, als stiege ich eben aus der Wanne und zu meinen Füßen bildet sich eine Schweißpfütze.

»Ich muß mich ohnehin für meine nächste Nummer umziehen«, meint sie.

»Hör zu, Aspirina«, sage ich, »laß gut sein. Ich schwöre, daß ich dich beim ersten Anzeichen einer Erkältung aufsuche. Jetzt habe ich für Diskussionen, wenn du es so nennen willst, keine Zeit.«

Ein kleiner Ventilator steht auf dem Tisch. Ich setze ihn in Betrieb, aber er läuft, als müßte er geschmolzene Butter kühlen.

Ich drehe mich nicht um, da ich nicht wissen will, wie weit ihr Striptease schon fortgeschritten ist, aber etwas legt sich mir um den Hals, dann erreicht warmer, parfümierter Atem mein Ohr, und ich habe das Gefühl, ein frisch vom Grill serviertes Beefsteak preßt sich auf meine Lippen.

Teufel, Teufel, Leute! Was heißt hier Aspirina?!

Meine ganze Muskulatur scheint sich in Wasser aufgelöst zu haben, in kochendes Wasser.

Ich falle zu Boden, respektive auf den Diwan, und habe nur einen Gedanken, wie ich dieser Sauna entrinnen kann.

Mein Blick gleitet von den blaugetönten, geschlossenen Augenlidern knapp einen Zentimeter vor meiner Nase auf den Teppich, der den Boden der Garderobe bedeckt.

Dort stehen Schuhe, Freunde. Männerschuhe, die vorher nicht da waren. Nicht nur ein Paar, nein, zwei, drei, vier Paare und wer weiß wie viele noch außerhalb meines Gesichtsfeldes.

Darunter auch einige Paar Stiefel, um genau zu sein.

Dann hebt mich einer in die Höhe, ich glaube mit einem Schöpflöffel, und deponiert mich auf dem Sessel.

Aspirina nimmt ein Handtuch, nicht etwa um ihre Blößen zu bedecken, nein, sie trocknet sich nur ab.

»Ihr Schlappschwänze«, schreit sie, »seid ihr endlich da? In einer halben Minute hätte man den da als Hühnersuppe servieren können!«

Ein Dutzend schräge Figuren, darunter auch ein paar Bullen, bevölkern die Garderobe.

Ein aristokratischer Typ im Smoking mit blaurasiertem Kinn, schwarzen gewellten Haaren und ein Paar Augen, die in einem Stahlwerk konstruiert scheinen, klopft eine Zigarette auf seinem goldenen Etui zurecht.

»Zieh dich an und hau ab«, eröffnet er das Gespräch.

Ich bemerke, daß alle Anwesenden, Polypen inklusive, zu schwitzen beginnen, einer zieht sogar schon seine Jacke aus. Aspirina rafft ihre Kleider zusammen und verschwindet.

Ich drehe mich um.

Zwanzig Zentimeter von meiner Rückseite haben sich der Leutnant Tram und sein Sergeant Kautschuk aufgebaut.

»Wir warten nur, bis dein Blutdruck wieder normal ist«, sagt

Tram. »Tragbahre haben wir keine mitgebracht, du mußt schon per pedes mitkommen.«

Jetzt, da Aspirina weg ist, normalisiert sich die Atmosphäre wieder. Mein Hemd trocknet und auch meine Muskulatur festigt sich wieder einigermaßen.

Der »blaue Graf« steckt sich eine Zigarette unter die aristokratischen Nasenlöcher.

»Es tut mir leid«, sagt er, »daß Sie ausgerechnet mein Lokal als Unterschlupf benutzen wollten. Ich bin ein gesetzestreuer Bürger.«

»Deswegen«, antworte ich, »habt ihr Aspirina auf mich angesetzt, um mich aufzuweichen, bevor ihr die Polizei gerufen habt.«

Er verbeugt sich äußerst korrekt.

»Genau«, gibt er zu, »als man mich von Ihrer Anwesenheit unterrichtet hat, war ich wohl dazu gezwungen.«

»Sie haben Ihre Pflicht getan«, beweihräuchert ihn Tram, »und wir danken Ihnen.«

»Luky Papalla?« frage ich.

»Stimmt«, sagt der »blaue Graf«.

»Gehen wir«, sagt Kautschuk, »wir haben jetzt keine Zeit für gepflegte Konversation.«

Er legt mir eine Hand auf die Schulter, und ich ziehe dran. Kautschuk fliegt über meinen Kopf hinweg in die Arme eines seiner Kollegen in Zivil.

Während er seinen Luftakt vollführt, sehe ich, daß sein Hosenboden nicht mehr vorhanden ist.

»Was ist denn dir passiert?« frage ich, »hast du dich auf einer glühenden Herdplatte häuslich niedergelassen?«

»Basta«, sagt Tram, »steh auf und mach endlich weiter.«

Er wirft mir meine Jacke zu, und ich ziehe sie an.

Sämtliche Polypen sammeln sich um mich, der »blaue Graf« tritt beiseite und läßt uns vorbei.

Wir gehen durch die Hintertüre auf die Straße, sie werfen mich in einen Streifenwagen, und die ganze Plattfüßlergemeinde begräbt mich unter sich.

Kautschuk fährt, Tram setzt sich daneben, und es geht los.

»Hör mir gut zu«, beginnt Tram.

»Kann nicht«, sage ich, »einer deiner Plattfüßler sitzt in meinem Ohr.«

Tram sucht zwischen den Bullen herum und zieht mich dann an Land.

»Hör mir gut zu«, wiederholt er. »Wir fahren jetzt in dein Büro. Wenn du diese zwei Untiere nicht bändigen kannst, setzen wir ein MG in Betrieb. Wir müssen deine Räume untersuchen, hast du mich verstanden?«

Ich fange zu lachen an.

»Jetzt weiß ich, wo der Hosenboden meines Busenfreundes abgeblieben ist«, sage ich. »Ihr wolltet mein Büro durchsuchen und habt genau das erhalten, was ihr verdient habt. Warum habt ihr meinem Partner nicht den Haussuchungsbefehl vorgezeigt? Dann hätte er keine Schwierigkeiten gemacht.«

»Haben wir ja«, sagt Tram, »aber dieser Sohn einer Idiotenhündin hat ihn mit einem Beefsteak verwechselt.«

»Dann hättet ihr eben mit Arsenik arbeiten müssen«, sage ich.

»Keiner kann mir weismachen, daß die 200000 Piepen nicht in deinem Büro versteckt sind«, sagt Tram.

»Ich versuche erst gar nicht, dir etwas weiszumachen«, sage ich, »alle Türen sind offen für dich, und du kannst dich austoben, solange du willst.«

Er sagt nichts mehr und dreht sich wieder nach vorn.

Ich setze mich ein wenig auf und kann sogar den Kopf wenden. Ich glaube die Scheinwerfer eines Wagens zu sehen, der uns folgt. Vielleicht Ben mit seinem Taxi?

Wenn er die polizeiliche Invasion mit angesehen hat, ist's leicht möglich, daß er wieder einmal zwei und zwei zusammengezählt hat.

Ich versinke von neuem in dem Bullenhaufen und bleibe auch so, bis der Wagen vor meinem Büro hält.

Wir steigen aus, und ich versuche Zeit zu gewinnen, verheddere mich mit einem Knopfloch am Türgriff, und während ich mich zu befreien suche, sehe ich das Taxi ankommen, natürlich ist es Ben, und als er wendet, weiß ich, daß er beim Hintereingang des Hauses hält.

Wir gehen hinauf. Greg kommt mir an der Tür entgegen, und hinter ihm sehe ich Fernanda.

»Was macht der Schweif?« frage ich ihn.

Er gibt mir zu verstehen, daß er zufrieden ist, schaut dann hinaus und fängt zu knurren an.

Auch Fernanda wirkt unfreundlich.

»Brav sein«, beruhige ich beide, »für den Moment sind diese Leute liebe Freunde.«

Dann wende ich mich Leutnant Tram zu.

»Du kannst tun, was du nicht lassen kannst«, sage ich, »mein Partner ist einverstanden.«

Wir treten ein, aber die Polypen drücken sich vorsichtig an Greg und Fernanda vorbei.

»Ich trau diesen Viechern nicht«, sagt einer.

»Wenn du schön brav bist, tut dir keiner was«, beruhige ich ihn.

Sie schauen hinter die Vorhänge, unter die Schubläden, tasten die Sesselpolster ab. Als sie nicht mehr wissen, wo sie noch suchen sollen, stellt sich Tram vor mich hin.

»Dann«, sagt er, »sind sie wahrscheinlich im Safe. Öffnest du ihn freiwillig, oder sollen wir mit Dynamit nachhelfen?«

»Ich mache ihn gern auf«, sage ich.

Ich gehe zu meinem kleinen Wandtresor und schließe auf.

Tram steckt den Kopf hinein, und als er nicht einmal den Schatten des Gesuchten findet, zieht er ihn wieder heraus und macht zu.

»Bene«, sage ich, »bist du nun zufrieden?«

Kautschuk stellt sich eine Handbreit von meinem Anzug auf.

»Man könnte ihm den Magen durchleuchten lassen«, meint er, »bei dem kann man nie wissen ...«

Greg reißt ihm ein Stück Wade aus und enthebt mich so der Antwort.

»Wir nehmen dich in die Zentrale mit«, bestimmt Tram, »du bist immer noch in Haft, aber diesmal hilft dir kein Königstiger beim Türmen. Vorwärts, keine Müdigkeit vorschützen!«

»Einen Augenblick«, sage ich. »In die Zentrale komme ich morgen früh. Erst muß ich einen unaufschiebbaren Auftrag ausführen.«

Ich nähere mich der Türe, Kautschuk will mich anspringen, aber Greg zeigt ihm seine prächtigen Zahnreihen.

Auch Fernanda sieht nicht aus, als ob sie zum Scherzen aufgelegt wäre, weshalb sich die ganze Kompanie, Tram inbegriffen, mit dem Rücken zur Wand aufstellt.

»Hör zu, Pipa«, sagt Tram, »ich habe dir schon eine Vorwarnung gegeben, daß ich mit einem MG dreinfahren lasse, wenn diese beiden Untiere nicht Ruhe geben, also wenn dir an den beiden etwas liegt ...«

»Ich würde gern zusehen, wie du einen Hund, der dein Hinterteil attackiert, mit dem MG niederstreckst. Ihr habt mein ganzes Büro in ein Schlachtfeld verwandelt und nicht gefunden, was ihr sucht, ergo bin ich frei und kann gehen. Arrivederci morgen, Freunde!«

Ich gehe schnell hinaus und schließe zu. Ich höre, wie Tram brüllt: »Haltet ihn!«

Dann ein Getümmel wie bei einem Protestaufmarsch.

Ich grinse und renne die Stiegen hinunter, meide den Haupteingang, schlage im Parterre einen Haken, durchquere einen kleinen Hof und komme bei den Mülltonnen hinter dem Haus heraus. Weiter vorn steht ein Taxi. Mit zwei Sprüngen bin ich dort, öffne den Kofferraum und schlüpfe hinein.

Ben sitzt am Steuer. Er hat den Ellbogen auf das geschlossene Fenster gestützt und hält den Kopf, als schliefe er. Ich nehme das Citophon und höre ihn schnarchen.

»Bravo«, sage ich, »schnarche ruhig weiter und laß das Citophon offen, daß ich weiß, was passiert.«

»O.k., Boß«, sagt er, »ein Haufen Plattfüßler biegt um die Ecke. Sie haben Sie nicht gesehen, denn sie schauen nach allen Seiten. Ein anderer stürzt aus der Hintertür, aus der Sie gekommen sind. Er kommt auf mich zu. Lassen Sie mich nur machen, Chef, ich weiß schon, was ich tue.« Dann schnarcht er weiter.

Ich halte das Citophon ans Ohr und lausche.

Ich höre den Bullen dahertrampeln, dann einen Schlag.

»He, du!«

»Oh, entschuldigen Sie ... ich habe geduselt ... wollen Sie?«

Ich höre, wie er die Türe öffnet.

»Ich will nicht einsteigen, ich will wissen, was du hier machst.«

»Ich bin etwas früher losgefahren, mein Dienst beginnt erst in 20 Minuten, und so habe ich ein kleines Nickerchen eingebaut.«

Ich höre Geräusche: der Plattfüßler schaut sich im Wageninneren um.

»Hast du niemand aus dieser Tür kommen sehen?«

»Nein, ich habe geschlafen.«

»Dann schau, daß du weiterkommst, hier kannst du nicht stehenbleiben.«

»Aber hier habe ich meine Ruhe. Wenigstens ein Viertelstündchen möchte ich noch pennen.«

»Ich habe dir gesagt, du sollst fahren, und du fährst ... Polizei!«

»Ist ja schon gut, ich verschwinde, so was Blödes ...«

Ich höre ihn den Motor anlassen, den Gang einlegen. Das Taxi setzt sich in Bewegung.

»Das wär's, Chef«, sagt Ben.

»Gut gemacht«, sage ich, »fahr langsam, wir haben keine Eile. Wenn dich jemand anheuern will, laß ihn einsteigen.«

Pfiffe, Autogeräusche, Sirenengeheul.

Ich nehme die Bourbonflasche und stärke mich.

»Fahr ins ›Goldene Loch‹ zurück«, sage ich, »aber halte nicht vor dem Haupteingang, sondern fahre gleich zum Parkplatz. Diesmal ist es besser, wenn mich keiner der ehrenwerten Gesellschaft sieht.«

»Ist gut, Chef.«

Er gibt Gas, ich schaue auf die Uhr: schon drei durch. Teufel, Teufel, wie die Zeit vergeht!

Zu dieser Stunde haben die Nachtlokale Hochbetrieb. Liebend gern möchte ich das Bierschaummädchen singen hören, Kinder, und diesmal wird sie genau den Song vortragen, den ich ihr souffliere.

»Wir sind da, Chef«, sagt Ben. »Ich bin am ›Goldenen Loch‹ vorbeigefahren und halte vor dem nächsten Haus.«

»Stell dich so hin, daß mich keiner aussteigen sieht.«

»Schon geschehen, Chef, kommen Sie ruhig raus.«

Das lasse ich mir nicht zweimal sagen.

»Wart auf mich«, ordne ich an, »und halte die Augen offen.«

»Worauf Sie sich verlassen können«, sagt er, »wenn Sie mich brauchen, pfeifen Sie.«

Das Haustor neben dem »Goldenen Loch« hat ein uraltes

Schloß, das ich in weniger als einer halben Minute mit einem Streichholz aufbringe.

Ich trete ein und schließe die Tür, laufe durch einen Gang, dessen Glühbirne jeden Augenblick vor Altersschwäche zu verlöschen droht, und komme in einen Hof.

Eine zwei Meter hohe Mauer trennt ihn vom Nachbarhof, der zum »Goldenen Loch« gehört. Ich übersteige die Mauer, gehe eine Treppe ins Souterrain hinunter und mache diese Tür mit einem Zündholz auf, mit dem ich dann die Gegend ausleuchte.

Ich bin in einem Korridor, an dessen Ende sich ein großer Raum befindet, der als Flaschendepot dient. In der Mitte ist eine Wendeltreppe, die mit einer Falltür abschließt. Ich steige hinauf und horche.

Kein Geräusch. Ich hebe die Falltür und sehe Licht. Vorsichtig stecke ich den Kopf heraus. Ich befinde mich in einer Art Vorratsraum, der menschenleer ist.

Ich schließe die Tür und verstecke mich hinter einem Regal voller Konservendosen und Flaschen.

Gerade, als ich mich in Bewegung setzen will, kommt ein Kellner daher und packt zwei Dosen Ananas. Er sieht mich erst, als er wieder gehen will.

»Sagen Sie mir bitte, wie ich zu den Künstlergarderoben komme?«

Er zeigt auf eine Tür und sagt, daß dahinter der Gang zu den Garderoben anfängt.

»Danke schön«, sage ich, dann trete ich ihm auf die Zehen und streichle mit dem Fingerknöchel seine Schläfe.

Er knickt ein, aber noch ehe er zu Boden geht, hebe ich ihn hoch, schiebe ihn in ein Regalfach und lasse ihn sanft auf eine Käseform gleiten. Dann mache ich mich zu den Garderoben auf. Die vom Bierschaummädchen finde ich sofort, öffne die Tür und gehe hinein.

Ich knipse das Licht an und finde einige Unordnung: daran sind wir schuld, und ich nehme an, daß Bierschaum gar nicht mehr in ihrer Garderobe war.

Wo kann sie sein? Immer noch auf der Bühne?

Ich höre eine Frau durch den Gang eilen, dann Männerschritte. Ich lösche das Licht und mache die Tür gerade so weit auf, um hinausspähen zu können.

Aspirina rennt, vom Löwenschreck verfolgt, vorbei.

Ich strecke ein Bein aus der Tür. Aspirina stolpert darüber und fällt hin, Löwenschreck auf sie. Er packt sie am Gürtel, hebt sie auf, öffnet mit einem Fuß die Tür und schmeißt sie hinein. Dann folgt er ihr und dreht den Schlüssel um.

Ich gehe hinaus und sehe, daß das Oberlicht der Tür, hinter der sie verschwunden sind, offensteht.

Ich klammere mich an die obere Türleiste und stemme mich in die Höhe, um hineinschauen zu können.

Aspirina liegt in ihrer ganzen Länge am Boden, Löwenschreck hat die Fäuste in die Hüften gestemmt und schaut auf sie hinunter.

»Los, spuck schon aus«, brüllt er, »was soll diese Geschichte?«

»Wieso Geschichte?« kontert Aspirina und versucht aufzustehen. »Dona hat sich nicht wohlgefühlt, und ich bin für sie aufgetreten.«

»Dona war vor einer halben Stunde noch in bester Verfassung«, sagt Löwenschreck und befördert sie mit einem Tritt unter den Diwan. Er packt ihre Beine und zieht sie wieder hervor. »Ich will wissen, wo sie ist«, sagt er.

»Weiß ich nicht, ich weiß gar nichts«, jammert Aspirina.

»Du mußt es wissen«, sagt Löwenschreck, »und du sagst es mir, oder du spuckst deinen Nabel aus!« Er klebt ihr eine, daß er Mühe hat, seine Pranke von ihrer Backe zu lösen.

Aspirina springt wie ein Panther auf, nimmt einen Spiegel vom Schminktisch und betrachtet sich.

»Das wird dir Luky teuer heimzahlen«, schluchzt sie, »wenn du mich so behandelst.«

»Ich bin noch lange nicht fertig«, brüllt Löwenschreck, »wenn du mir nicht sagst, was mit Dona passiert ist!«

Er packt sie bei den Haaren und wirft sie über den Tisch, der unter ihrem Gewicht zusammenbricht.

»Ich weiß es nicht«, schreit Aspirina, »ich schwöre, daß ich es nicht weiß. Frag doch Luky!«

Ich spüre, wie mich jemand an der Jacke zupft.

Langsam drehe ich den Kopf und schiele hinunter.

Ein ziemlich robuster Typ im Abendanzug, in der Hand ein Rohr samt Loch und Abzugsbügel, fragt:

»Nun, wie steht der Boxkampf da drinnen?«

»Noch unentschieden«, sage ich, »wenn ich einmal Zeit habe, schildere ich dir alle Kampfphasen.«

Ich hebe das rechte Bein und treffe ihn mit dem Absatz direkt am Kinn. Dann nehme ich ihn hoch und trage ihn in Bierschaums Garderobe, lege ihn auf den Boden, fülle sein Maul mit dem kompletten Inhalt einer Abschminkdose und kneble ihn dann mit einem Seidenstrumpf. Mit den Fäusten schiebe ich ihn unter den Diwan und gehe. Ein wenig Zeit hat mich diese Do-it-yourself-Methode allerdings gekostet. Die Tür zu Aspirinas Garderobe ist offen und Löwenschreck verschwunden.

Aspirina sitzt auf einem Drehschemel und versucht die Schäden mit Make-up zu vertuschen.

Bei meinem Eintreten sieht sie mich im Spiegel.

Sie dreht sich langsam um, und ich höre einen Pfiff, der aber nicht von ihr, sondern von dem Drehstuhl kommt.

»Salve«, grüße ich, »überrascht?«

»Was willst du von mir?« fragt sie, »geh, geh schon, ich habe nichts damit zu tun.«

»Mich hat eine plötzliche Erkältung überfallen, und da habe ich sofort an dich gedacht«, sage ich. »Eine Schwitzkur würde mir guttun.«

Ich niese, um meine Worte zu unterstreichen, aber sie findet das gar nicht komisch. Sie bringt ihre blauen Flecken hinter dem Diwan in Sicherheit.

»Sei mir nicht böse«, sagt sie, »aber ich muß meine Befehle ausführen.«

»Wessen Befehle?«

»Lukys«, sagt sie und verströmt blauschillernde Tränen auf ihr blauschillerndes Kleid.

»Laß nur«, sage ich, »ich habe nichts gegen dich, und außerdem hat Löwenschreck dir meine Ration gleich mitverabreicht. Wo ist er denn inzwischen hingekommen?«

»Er will Luky nach Dona fragen«, antwortet sie.

»Mich interessiert das alles«, sage ich.

»Es scheint so, als komme ich nie zu einem Tratsch mit Dona.

Hast du was dagegen, wenn auch ich mich diesbezüglich an Luky wende?«

»Von mir aus«, sagt sie, »wenn du lebensmüde bist ...«

»Bin ich nicht. Vielleicht ist Luky lebensmüde ...« Sie setzt ein Lächeln neben einen blauen Fleck auf ihrer Backe.

Ich winke ihr zu und verschwinde.

Ich gehe bis zu einer Tür am Ende des Korridors, öffne sie und bin in einem riesigen Vorsaal mit gelben Teppichen und Goldtapeten. Hinter einem Bogen sehe ich eine Treppe, und ich bin neugierig, wo sie hinführt. Ich hüpfe die Stufen, immer vier auf einmal, hinauf, und an ihrem Ende steht eine Type in Abendkleidung.

»Mitgliedskarte?« fragt der Schwarze.

»Hier«, sage ich und drücke ihm eine Zündholzschachtel in die Hand. Während er sie anschaut, packe ich seine Nase und ziehe sie hinunter zu meinen Füßen, stecke ihm dann die Schuhspitzen in die Ohren und werfe ihn in eine Truhe, die an der Wand steht. Ich öffne eine Schiebetür und befinde mich in einem großen, überfüllten Saal.

Ich zähle die Tische: acht.

Hier wird gespielt, Leute, und sogar sehr hoch. Lauter Roulettetische, rundherum stehende und sitzende Männer und Frauen und Berge von Jetons, die ständig den Besitzer wechseln.

Dies ist nicht die Tätigkeit, die ich zu finden hoffe. Aber sie verbirgt eine andere, wesentlich schlimmere, und wenn Luky Papalla für dies da zehn Jahre Knast verdient, gebührt ihm für das andere Spiel lebenslänglich.

Ich schaue mir die ganze Gesellschaft der Reihe nach an, aber den »blauen Grafen« sehe ich nicht.

Auch keine Spur von Löwenschreck.

Ich durchquere den Saal, bleibe da und dort stehen, bis ich wieder bei einer Tür bin.

Sie führt in einen engen Gang, der an einer schmalen Stiege endet. Die Bediententreppe, die rechts zum Ausgang und links ins obere Stockwerk führt.

Nach den ersten Stufen mache ich einen Satz nach rückwärts und drücke mich an die Wand.

Oben wurde eine Tür geöffnet, und zwei Männer kommen

herunter. Ich sehe, daß sie einen zusammengerollten und engverschnürten Teppich tragen.

»Paß auf das Geländer auf«, sagt einer von ihnen.

»Um den da brauchst du dir keine Sorgen mehr zu machen«, sagt der andere, »der ist sowieso schon abgemeldet.«

Sie gehen an mir vorbei, und ich halte den Atem an, bis sie unten sind.

»So ein blöder Abend«, sagt der eine, »vor und zurück und wieder vor und zurück, hoffentlich ist das das letzte Mal.«

»Halt die Luft an, Guglia, paß lieber auf die Ecke auf!«

Ich höre sie die Hintertür öffnen und auf die Straße gehen. Vorsichtig mache ich die Tür auf und schaue hinaus. Eine schwarze Limousine steht am Straßenrand.

Ich komme gerade zurecht, um zu sehen, daß einer von ihnen sich ans Steuer setzt, der andere die hintere Tür schließt und sich dann neben seinen Kumpan setzt. Dann fahren sie los.

Ich grinse. In dem Teppich kann nur der Löwenschreck sein, und ich verwette meine Karottenhaare, daß sie ihn zusammen mit dem Bierschaummädchen aus dem Verkehr ziehen wollen, wenn sie das Mädchen nicht schon fertiggemacht haben.

Es bleibt mir nichts übrig, als in Bens Taxi zu springen und hinterher zu fahren.

Ich will gerade den ersten Schritt tun, als Bens Taxi an mir vorbeifährt. Sein Besitzer sieht mich nicht, er starrt unbeweglich auf die roten Schlußlichter der Limousine. In fünfzig Meter Abstand passieren die beiden Wagen die erste Kurve.

»Du Idiot!« schreie ich.

Irgendeiner, der hinter meinem Rücken aufgetaucht war, benützt die Gelegenheit und stopft mir ein Kilo mit was-weiß-ich getränkter Watte in den Mund, und ich versinke wieder einmal ins Land der Träume.

10. Kapitel

Fröhliches Erwachen – aber keine Zeit für eine Dusche – Raubtierkäfige sind auch für Gangster nützlich oder für Übergeschnappte?!

Mit großer Mühe wache ich auf. Im Traum schüttle ich mich, als ich den Wecker läuten höre, stecke den Kopf unter den Kaltwasserhahn und schaffe es nach und nach, die Augen zu öffnen, wobei ich den Eindruck habe, daß irgendeiner meine Lider mit Ziegelsteinen beschwert hat.

Über den Geschmack in meinem Mund möchte ich schweigend hinweggehen, sonst vergeht Ihnen für zwei Wochen der Appetit. Immerhin habe ich das äußerst angenehme Gefühl, in einem Bett mit sauberer Wäsche zu liegen, mit meinem Kopf wenige Meilen vom Nordpol ...

Kaum öffne ich die Augen, sehe ich eine lange Reihe aufgerissener Augen inmitten einer Sommersprossenwolke.

Dann fangen die Augen paarweise zu hüpfen und zu brüllen an.

»Bum, bum, bum!«

»Er ist wach!«

»Die Pistole!«

»Er rührt sich, Papa!«

Ich drehe mich zur Seite, sehe eine Bourbonflasche und an sie gelehnt Ben. Daneben Bens Frau mit einer Tasse Espresso in der Hand.

Jetzt bin ich ganz wach. Ich werfe den Eisbeutel ans Fußende des Bettes und setze mich auf.

Die ganze Bande springt auf mein Bett, und ich muß mich festklammern, daß ich nicht am Boden lande.

»Porco mondo!« breche ich in Bens Lieblingsfluch aus, »was zum Teufel ist denn hier los?«

»Alles o.k., Chef«, sagt Ben. »Sie sind bei mir zu Hause.«

Er reicht mir ein Glas Bourbon, und ich inhaliere es auf einen Zug.

Jetzt bin ich wieder ganz fit, und als ich den Kaffee folgen lasse, wird auch der Geschmack im Mund erträglicher.

»Ich möchte wissen, wie zum Teufel ich hergekommen bin«, sage ich.

»Erzähl' ich Ihnen gleich, Boß«, sagt Ben, »Kinder, gebt Ruhe, ich muß Bericht erstatten.«

Der ganze Haufen setzt sich ans Fußende des Bettes.

»Also«, beginnt der Papa, »als Sie mich verlassen haben, um ins ›Goldene Loch‹ zu gehen, habe ich mich mit dem Wagen so hingestellt, daß ich sowohl Vorder- wie Hintertür im Auge behalten konnte und habe gewartet. Nach einer Weile sehe ich zwei Typen, die einen zusammengerollten und verschnürten Teppich heraustragen, und es war unschwer zu erraten, daß da einer drin war, der es zu Fuß nicht mehr schaffte. Porco Mondo, Chef, wer war wohl dieser Unglückswurm? Fragen konnte ich diese zwei schrägen Typen nicht gut, aber mir war sofort klar, daß das nur Sie sein konnten. Die da, hab ich mir gedacht, haben dem Signor Pipa eins über den Schädel gezogen und bringen ihn nun irgendwohin, wo sie ihn ganz fertigmachen können.«

»Pistole!« schreit der Kleinste.

»Ruhe«, sagt die Mama, »Papa erzählt.«

»So«, fährt Ben fort, »hab ich nicht zweimal überlegt und, als die zwei den Teppich in einer schwarzen Limousine verstauten, mir vorgenommen, daß die mich nicht abhängen würden, auch wenn's bis in die Türkei ginge! Ein Tempo hatten sie drauf, Kinder, aber ich mit abgeblendeten Scheinwerfern immer hinter ihnen her!«

»Chrrr ... gib's ihnen Papa, chrrr ...«, imitiert der Älteste, der mit den vier Vornamen, das Motorengeräusch und steuert mit einem nichtvorhandenen Lenkrad.

»Halt den Schnabel«, sagt Ben und fährt fort: »Wir erreichen eine einsame Straße außerhalb der Stadt. Der Wagen biegt ab und fährt durch ein eisernes Gittertor. Ich halte, nehme meinen Werkzeugkasten und klettere über die Mauer. Die Limousine steht in einem Hof, und die zwei ziehen den Teppich heraus. Sie tragen ihn in eine Art Baracke. Ich will ihnen folgen, als ich den einen sagen höre: ›Geh ins Büro und mache Licht, hier ist es stockdunkel.‹ Ich verstecke mich, und als einer wieder herauskommt, schlage ich ihn mit dem Wagenheber nieder. Der Drinnengebliebene muß etwas gehört haben, denn er kommt ebenfalls heraus, stolpert über seinen Genossen, und ich haue auch ihm den Wagenheber auf den Schädel. Ich habe immer eine Taschenlampe bei mir, die knipse ich nun an und betrachte die Baracke von innen. Sie ist riesengroß und vollgestellt mit Käfigen. Die, sage ich mir, kann ich gut gebrauchen. Ich schließe die zwei in so ein Ding, rolle dann den Teppich auf, und, Sie werden es nicht glauben, heraus kommt mein Freund, der Löwenbändiger! Ausgerechnet der! Können Sie sich meine Wut vorstellen? Vorher hätte ich das wissen sollen! Am liebsten hätte ich ihm einen Tritt verpaßt, aber ich beherrsche mich und schmeiße ihn ebenfalls in einen Käfig. Und als ich mich weiter umschaue, wen, glauben Sie, sehe ich noch?«

»Mach's nicht so spannend«, sage ich.

»Das blonde Gift, das Sie Bierschaum nennen. Sie schaut mich mit aufgerissenen Augen an und bewegt die Lippen, als wolle sie etwas sagen, bringt aber nichts heraus. Verflucht, Chef, gebunden wie eine Salami ist sie! Ich begrüße sie: ›Ciao, Puppe‹, sage ich, ›leider habe ich jetzt gar keine Zeit für dich!‹ Beim Hinausgehen sehe ich, daß die schwarze Limousine immer noch im Hof steht, und ich denke, daß Sie sie vielleicht ganz gern aus dem Verkehr gezogen hätten, setze mich hinein, biege um eine Ecke und stelle sie auf einem verlassenen Feld ab. Für mich ist es wichtig, schleunigst ins ›Goldene Loch‹ zurückzufahren, weil Sie mich wahrscheinlich brauchen, also steige ich in mein Taxi. Aber als ich am Tor vorbeifahre, sehe ich wieder eine Limousine im Hof stehen. Zum Donnerwetter, denke ich, ich hab doch eben erst eine weggebracht?! Eine andere Type ist grade dabei, einen scheinbar mausetoten Kerl auszuladen. Diesmal gibt es keinen Zweifel, das waren Sie! Porco mondo, Kinder, den Wagenheber habe ich zwar nicht zur Hand, aber ich überlege nicht lange, werfe mich auf die Type, die Sie ausgeladen hat, und lasse eine Maschinengewehrsalve von Schlägen auf ihn los.«

Zwei der Buben werfen sich aufeinander und kugeln aus dem Bett. Die Mama nimmt sie bei den Ohren und befördert sie wieder zurück.

»Der war aber nicht hinzukriegen. Er gibt mir Kontra, bis ich ihm endlich einen Tritt aufs Hirn verpassen konnte, daß er zusammenfällt. Dann schließe ich ihn auch noch in einen Käfig ein. Ich rase hinaus, steige in die diesmal graue Limousine und fahre sie zu der anderen aufs Feld. Dann laufe ich zurück und versuche Sie wach zu kriegen, nichts zu machen, so einen Schlaf wie den Ihren gibt's ja gar nicht! Ich weiß nicht mehr ein noch aus, lade Sie ins Taxi und bringe Sie zu mir nach Hause.«

Ben füllt mein Glas noch einmal, und ich trinke es leer.

»Das Sonderbarste an der ganzen Geschichte ist, daß während dem ganzen Getümmel einer ununterbrochen wie ein Narr lachte. Ich hab einfach nicht herausgekriegt, wer!«

»Die Hyäne«, sage ich, springe aus dem Bett, öffne die Fensterläden und lasse die Sonne herein.

»Teufel, Teufel!« rufe ich aus, »wie spät ist es denn schon?«

»8 Uhr«, sagt Bens Angetraute.

Verflucht und zugenäht, Kinder, um 8 Uhr habe ich eine Verabredung mit dem Leutnant Clackson! »Meine Kleider!« sage ich, »ich hab's brandeilig!«

Hose, Jacke, Hemd, Schuhe fliegen mir aus allen Zimmerekken entgegen.

Dieser Ben ist doch ein fixer Bursche.

Er hat die Bourbonflasche gepackt, ist schon an der Tür, setzt sich ans Steuer, ich daneben, und wir schießen los wie eine Rakete. Zu spät merke ich, daß der ganze Wagen voll sommersprossiger Buben ist.

»Zum Donnerwetter!« schreie ich, »sofort alles aussteigen!«

»Sie haben gesagt, daß keine Zeit zu verlieren ist«, sagt Ben und tritt aufs Gas.

»Daß dich und deine Familie ...«, den Rest schlucke ich hinunter, »wir fahren doch auf keinen Spielplatz!«

»Immer mit der Ruhe, Chef«, meint er, »niemand kommt Ihnen in die Quere. Wohin geht's denn?«

»Zurück ins Depot in der Via Rapinati.«

»Mit Volldampf voraus, Käpten!«

Um diese Zeit herrscht riesiger Verkehr, aber das kümmert Ben wenig. Er fährt zwischen den Wagen Slalom, streift um ein Haar Fußgänger und Laster, haut einmal auf die Bremse und dann wieder aufs Gas, wozu die Buben im Chor aus den Fenstern brüllen. An einer Kreuzung halten wir hinter einem LKW. Die Ampel steht auf Rot.

Ein Streifenwagen hält neben uns. Ein Bulle beugt sich heraus, starrt mich an.

»Im Namen des Gesetzes! Aussteigen!» brüllt er.

Ben schaltet in den ersten Gang und braust los.

Ich sehe, wie der Bulle ins Mikrofon spricht. Ich kann mir denken, was er sagt.

In wenigen Augenblicken werden uns Streifenwagen mit Plattfüßlern wie die Mücken umschwirren.

»Halte unter keinen Umständen an«, sage ich.

Ben nickt. Die Buben klatschen vor Begeisterung in die Hände, auch die Mama, glaube ich.

Wir haben Tempo 180 drauf, wie auf der Autobahn, der Streifenwagen ist zweihundert Meter hinter uns, aber ein zweiter stellt sich quer über die Fahrbahn, um uns den Weg abzuschneiden. Ben kommt mit einem Zwischenraum von höchstens einem halben Millimeter dran vorbei. Er ist einmalig, Leute!

Wir sehen bereits das Depot vor uns.

»Vor dem Eingang springe ich ab«, sage ich, »bring du deine Familie außer Schußlinie. Ich will nicht, daß den Kindern was passiert.«

»Gut, Chef«, sagt er. Er bremst, ich springe ab, und er fährt noch fünfzig Meter weiter.

Vier Streifenwagen umstellen mich.

Tram und Kautschuk stehen vor, ein anderer hinter mir.

»Da bist du ja«, sagt Kautschuk. »Diesmal müßte schon das Erdbeben von San Franzisko ausbrechen, daß du verschwinden kannst!«

Er kriegt einen Hieb unters Kinn, daß es ihm für mindestens sechs Monate die Sprache verschlägt.

Tram packt mich am Jackenrevers, kommt aber gar nicht dazu, den Mund aufzumachen.

Auf einmal ist Leutnant Clackson da, legt ihm eine Hand auf die Schulter und schüttelt ihn, bis seine Halsadern anschwellen.

»Was willst denn du da?« brüllt er, »du ruinierst mir alles, einfach alles!!«

Tram schaut um sich.

»Was zum Teufel ist los? Was ruiniere ich dir?«

»Keine Zeit für Erklärungen«, schreit Clackson. »Weg mit

euch, verschwindet, alle. Hier herum will ich niemanden sehen, versteckt euch, schafft die Wagen weg, aber dalli!«

»Der da bleibt bei mir«, sagt Tram und packt mich am Arm.

»Laß den Pipa in Ruhe!« schreit Clackson und pfeift. Männer laufen herbei, es sind die vom Rauschgiftdezernat. Sie geben Befehle und springen in ihre Wagen.

In weniger als einer Minute ist keine lebende Seele mehr zu sehen. Nur ich, Clackson und Tram stehen wie verlorene Schafe herum.

»Kommt mit mir, aber schnell«, sagt Clackson und läuft los. Wir mit ihm, wobei mich Tram nicht einen Moment aus den Augen läßt, wenn er auch keine Ahnung hat, was gespielt wird. Wir verstecken uns hinter einer Holzwand.

Drei Jeeps stehen dort, und Clackson geht zum ersten.

Ein Plattfüßler hat Kopfhörer auf und lauscht.

»Alles o.k., Leutnant«, sagt er, als er uns sieht. »Sie sagen, daß die Kisten verzollt sind und gerade vom Güterwagen geladen werden.«

»Was für Kisten?« fragt Tram.

»Ein paar Jaguare«, antwortet Clackson.

Tram starrt mich an. »Wenn das wieder einer deiner berühmten Scherze ist, freu dich!«

»Das werden wir bald sehen«, sagt Clackson. »Nur mit der Ruhe. Die Männer mit den Kisten und auch die LKW-Fahrer sind alles Leute von uns.«

»Der LKW setzt sich jetzt in Bewegung«, berichtet der Polizist am Radio. »Lotus Maddaleno und Cool Mastice folgen ihm in einem roten Sportwagen. Unsere Leute verlieren sie nicht aus den Augen.«

»Luky Papalla?« fragt Clackson.

»Keine Nachricht«, sagt der Polizist mit den Kopfhörern. Clackson ist ärgerlich.

»In wenigen Minuten sind sie hier«, sagt er zu Tram, »ich habe zwar genug Leute, aber im Notfall mußt du mir mit deinen aushelfen.«

»Ich muß doch auf den da aufpassen«, sagt Tram.

»Laß den Pipa zufrieden«, sagt Clackson, »wenn wir fertig sind, kannst du ihn haben. Los, gehen wir.«

Wir gehen in den Hof, stellen uns neben die Tür der Baracke hinter einen Haufen Kisten und warten.

Von weitem hören wir einen LKW näher kommen. Clackson wirft mir einen Blick zu.

Ich schlucke an einer Mispel, die sich in meinem Hals verfangen hat.

Der LKW bremst vor dem Tor, fährt dann in den Hof, hinter ihm der rote Sportwagen.

Der Fette und der ohne Kinn steigen aus.

Zwei Männer und die Fahrer versuchen, auf dem Lastwagen eine Kiste zu bewegen.

Wir hören Kratzen, Fauchen und Knurren.

»He«, sagt einer der Männer, »die sind ganz schön gefährlich!«

»Macht keine Geschichten«, sagt der ohne Kinn, »wieso gefährlich? Ihr habt sie doch vorher schon aufgeladen!«

»Schon«, sagt der eine, »aber jetzt sind sie noch hungriger!«

Nach einer Viertelstunde stehen die zwei Kisten auf dem Hof.

»Gott sei Dank«, sagt der eine Fahrer, »daß wir die Fuhre hinter uns haben, wir gehen jetzt.«

Nachdem sie abgefahren sind, fragt der Fette: »Und was jetzt? Dieser Idiot hat doch den Danimarco fertiggemacht.«

»Er muß eben schauen, wie er zurechtkommt, es ist ja schließlich sein Bier.«

»Unser Anteil ist aber auch drin.«

»Die paar Kröten, die er uns abgibt!«

»Da kommt er«, sagt der Fette.

Ein Kombiwagen fährt durch das Tor und hält neben dem Sportwagen. Ich höre, wie Clackson befriedigt aufseufzt.

Der »blaue Graf« steigt aus und schaut sich die Kisten an.

»Sind sie noch drin?« fragt er.

»Natürlich«, sagt der ohne Kinn, »da Danimarco ausfällt, wissen wir nicht, wie wir sie herausbringen sollen.«

»Los, verlieren wir keine Zeit«, sagt der »blaue Graf«.

Er holt einen Revolver aus der Tasche.

»Und die Zahnpasta?« fragt der Fette.

»Die soll der Teufel holen!«

Der »blaue Graf« nähert sich den Kisten, steckt den Revolverlauf in die eine und gibt fünf Schüsse ab.

Das Tier brüllt fürchterlich, dann Stille.

»Der ist versorgt«, sagt der »blaue Graf« zu den anderen.

Nun zieht der Fette sein Schießeisen und ballert in die andere Kiste, während der ohne Kinn den Deckel der ersten Kiste mit Hammerschlägen bearbeitet.

Ich schwitze, als stände statt Tram Aspirina neben mir.

»Ich möchte nur wissen, wo Guglia und Chiusoladomenica abgeblieben sind, diese Gauner müßten längst schon hier sein.«

»Und warum sind sie nicht?« fragt der »blaue Graf«.

»Weiß nicht«, sagt der Fette, »wenn sie da wären, hätten wir ja ihren Wagen sehen müssen.«

»Hauptsache, wir haben die fertiggemacht, die uns in die Suppe spucken wollten«, sagt der »blaue Graf«. »Macht allein weiter, aber schnell, wenn ich bitten darf.«

Der Fette und der ohne Kinn heben den Deckel auf und machen dann einen Satz rückwärts.

»Donnerwetter«, stottert der Fette, »der lebt ja noch!« Er nimmt die Pistole und entleert das ganze Magazin auf das Tier. Wir schauen zu, wie die zwei mühsam einen prachtvollen Jaguar aus der Kiste heben und auf den Boden legen. Dann machen sie den Deckel der anderen Kiste auf.

Wir halten den Atem an.

Der Graf sucht in der leeren Kiste herum und zieht dann einen Plastiksack hervor.

In diesem Moment setzt Clackson seine Pfeife an den Mund, und, sich an eine Kanone mittleren Ausmaßes klammernd, macht er einen Satz vorwärts.

»Hände hoch!« ruft er.

Von allen Seiten strömen ungefähr zwanzig Bullen herbei.

Dem Grafen und seinen Kumpanen ist der Schreck derart in die Glieder gefahren, daß sie sich kaum auf den Beinen halten können.

Als ich mich in Bewegung setze, sind die drei auch schon kunstgerecht verpackt und zum Versand bereit.

Tram möchte sich den Plastiksack unter den Nagel reißen.

»Einen Moment«, sagt Clackson, »der gehört mir!« und nimmt ihn ihm aus der Hand.

»Und diese da«, zeigt er auf die drei Verpackten, »gehören

auch mir, wenigstens vorläufig. »Und auch der Pipa, es ist schließlich ganz allein sein Verdienst, und er muß mir noch eine Menge erzählen.«

»Warum gehen wir nicht da hinein?« frage ich, »ich möchte euch gern noch etwas zeigen.«

Clackson wirft die zwei Säckchen einem Polizisten zu.

»Hüte sie wie deinen Augapfel«, sagt er, »da drin dürften so um die hundert Millionen sein!«

Alle schauen ihn mit offenem Mund an.

Auch Tram macht den Eindruck, als habe er anstelle seiner Augen zwei Spiegeleier im Kopf.

Clackson klopft ihm auf den Bauch.

»Rauschgift«, sagt er, »Peperin G, um genau zu sein. Ein paar Kilo, genug, um die halbe Stadt Kratzorgien feiern zu lassen, wie bei einer Massenepidemie.«

Während wir ins Depot gehen, sucht Tram den Schlag zu überwinden. Ich sage einem Bullen, er solle Licht machen, und nach ein paar Minuten brennt eine Funzel, die aber nur einen Teil der Baracke beleuchtet.

Nun sind wir alle versammelt, auch die drei Verpackten.

Ich suche im Dunkeln den Käfig, der mich interessiert.

Ein paar Polypen helfen mir, ihn ins Licht zu schieben.

Bierschaum ist drinnen. Ich mache auf und ziehe sie heraus. Sie haben sie gefesselt, ich binde sie los.

Die arme Haut schluckt ein wenig Speichel und versucht aufzustehen. Ich helfe ihr, sich auf eine Kiste zu setzen.

»Jetzt kannst du uns alles erzählen und brauchst keine Angst mehr zu haben«, sage ich.

Zitternd schaut sie die drei Gefangenen an.

»Nur zu«, sage ich, »die tun dir nichts mehr. Schau her!«

Ich stelle mich einen Schritt vorm »blauen Grafen« auf, drehe ihm einen Arm um und haue ihn damit auf den Kopf.

»Mach schon Schluß mit deiner Solonummer!« sagt Clackson.

»Ich will ja nur das Mädchen beruhigen«, sage ich.

Sie hört wirklich auf zu zittern und versucht zu sprechen.

»Wenn dir deine Stimmbänder immer noch weh tun«, sage ich, »fange ich an. Du bist rauschgiftsüchtig. Signor Pedalu hat es zufällig am Abend, als er sich umbringen wollte, entdeckt. Er nahm dir das Kratzhändchen ab und wollte wissen, wer dich mit dem Stoff belieferte.«

Sie versucht zu widersprechen, aber ich reiße ihr das Kleid von den Schultern und zeige Leutnant Clackson ihren Rücken. Ihre Haut ist gerötet und mit blutverkrusteten Kratzern bedeckt.

»Ich habe Luis gesagt, daß Lotus Maddaleno mir den Stoff besorgt«, beichtet sie und fängt wieder an zu weinen.

»Signor Luis hat das Händchen in die Tasche gesteckt und ist ins Büro, weil er sich zusammengereimt hat, woher das Rauschgift kam. Er wollte seine Partner entlarven. Du hast ihn dann im ›Goldenen Loch‹ angerufen und die beiden verständigt. War's so?«

Sie nickt.

»Du Idiotin!« knirscht Lotus Maddaleno. Kautschuk holt aus und verpaßt ihm mit dem Handrücken eins auf die Backe.

Darauf packt Clackson ihn bei den Ohren und wirft ihn Tram in die Arme.

»Ich habe schon vorher gesagt, daß das mein Bier ist«, sagt er. »Mach du deinen Dreck.«

»So«, fahre ich fort, »als die beiden Gauner die Gefahr erkannten, sind sie leise ins Büro und haben den armen Luis hinterrücks aus dem Fenster geworfen, und er landete ausgerechnet auf meinem geparkten Wagen. Noch wußten sie nicht, daß Luis das Händchen in der Tasche hatte, bis Bierschaum es ihnen gestanden hat. Später haben sie es dann zwischen meinen Sitzkissen gefunden.«

Tram kommt mit ein Paar Handschellen näher.

»Los«, sagt er zu ihr, »stell dich dorthin.«

Er läßt die Armbänder um ihre Handgelenke schnappen. Die Tränen fließen schon wieder.

Ein Gelächter ertönt, und einer schaut den anderen an.

»Keine Angst«, sage ich, »die Hyäne freut sich.«

Ich gehe wieder in den finsteren Teil und suche den zweiten Käfig. Ich lasse mir von ein paar Polypen helfen, und wir schieben ihn ans Licht.

Ich mache auf und ziehe den Löwenschreck heraus, der wie eine Salami verschnürt ist. Ein Polizist bindet ihn los. Mühsam steht er auf und setzt sich auf die Kiste.

»Ich stelle Ihnen den Dompteur Danimarco vor, Löwenschreck genannt. Noch ein Darsteller unseres Gruselfilms, eigentlich nur ein Komparse. Er ist mit Bierschaum verlobt und war für die ankommenden Raubtiere verantwortlich. Er mußte sie versorgen und an ihren Bestimmungsort schaffen. Gestern hat er im Auftrag von diesen beiden Herren die Käfige geöffnet, aber wußte wahrscheinlich gar nicht, daß ich in einer der Kisten eingeschlossen war. Der arme Signor Luis ahnte nicht, daß seine Kompagnons wiederum nur Handlanger von Luky Papalla, dem Drahtzieher der Organisation, waren. Das Rauschgift wurde im doppelten Boden der Käfige aus dem Herstellungsland geschmuggelt, wo keiner es vermutete, und sie holten es in einem unbewachten Augenblick heraus.«

Die Hyäne lacht wieder und Clackson garniert auch Löwenschrecks Handgelenke mit einem zweiten Paar Armbänder.

»Setz dich dorthin«, sagt er, »wir müssen uns noch unterhalten.«

Dann schaut er mich an.

»Können wir jetzt gehen?« fragt er.

»Ich bin noch nicht fertig«, sage ich. »Gestern morgen ist die Witwe Pedalu zu mir gekommen und hat mich gebeten, Recherchen über den Tod ihres Mannes anzustellen. Sie war überzeugt, daß er nicht aus dem Fenster sprang, sondern hinuntergeworfen wurde. Ich habe den Auftrag zusammen mit 200000 angenommen und das Geld in meinem Büro versteckt.«

»Wo?« fragt Kautschuk zähnefletschend.

Ich schließe ihm das Maul mit einem soliden Schwinger.

»Das geht dich einen Dreck an«, sage ich und wende mich dann an Clackson: »Einer der Kompagnons hat die Witwe bis zu meinem Büro verfolgt und fürchtete Ärger. Er hat Luky Papalla verständigt, der die Aufgabe übernommen hatte, sich lästiger Personen zu entledigen.«

Mit zwei Polypen ziehe ich noch einen Käfig ins Helle. Ich mache das Gitter auf und packe die beiden Typen, die den Teppich transportierten, am Hals. Zwei Bullen versehen auch sie mit Armbändern.

»Diese zwei«, erkläre ich, »haben Bierschaum eingewickelt und hergebracht, dann Löwenschreck geholt und wollten das

Brautpaar ein für allemal aus dem Verkehr ziehen. Es sind zwei miese Gangster.«

Tram beschaut sie sich.

»Guglielmo Frammento und Raul Chiusoladomenica. Sie haben zugunsten von Mastice und Maddaleno ausgesagt.«

»Sie haben ihren Auftrag nicht zu Ende führen können«, fahre ich fort. »Hernach sage ich euch, warum. Es ist anzunehmen, daß sie bei der Ermordung der Witwe mitgemischt haben. Auch sie unterstehen Luky Papalla.«

»Wir wissen überhaupt nichts«, sagen sie im Chor.

»Das werden wir in der Zentrale feststellen«, sagt Tram. »Los!«

»Einen Moment«, sage ich, »da ist noch einer.«

Ich hole noch einen Käfig und mache ihn auf.

Die Bullen ziehen eine Type heraus, die mir völlig unbekannt ist. Eine Boxervisage, wahrscheinlich hat mich der zusammengeschlagen und in die Kiste gesperrt.

»Schaut euch den an«, sage ich, »es könnte leicht sein, daß er die Witwe erdrosselt hat. Ihr habt somit drei Mordverdächtige zur gefälligen Auswahl!«

»Hast du nun kein Kaninchen mehr im Hut?« fragt Clackson.

»Nein«, sage ich, »die Vorstellung ist zu Ende.«

»Dann los, alle in die Zentrale«, sagt Tram. Er nimmt mich am Arm und schubst mich vorwärts.

»Dahin komme ich, wann es mir paßt«, sage ich. »Erst muß ich den Schweif meines Partners verarzten.«

Die Hyäne wälzt sich vor Lachen.

»Ich möchte nur wissen, was diese Idiotin immer zu lachen hat?« meint Kautschuk.

Alle setzen sich in Marsch, ich als letzter.

Als ich mitten im Hof bin, sehe ich auf der Mauer eine Reihe sommersprossiger Gesichter auftauchen.

Ich bleibe stehen und warte, bis die anderen verschwunden sind.

Man hört Rufe, Befehle, Motoren, die angelassen werden, heulende Sirenen.

Als alles ruhig geworden ist, nähere ich mich dem einen toten

Jaguar und stelle mein rechtes Bein in der klassischen Pose des erfolgreichen Großwildjägers auf den Kadaver.

Von der Mauer herunter hört man frenetischen Applaus und Jubelrufe.

Dann laufe ich hinaus, springe in das Taxi, und tausend Sommersprossen wurlen um mich wie Schaumblasen, die aus einem Glas aufsteigen.

RANG